Erle Stanley Gardner

Perry Mason und der Tote im Rollstuhl

Roman

Scherz

Einmalige Ausgabe 1999
Einzig berechtigte Übertragung aus dem Amerikanischen
von Renate Weigl
Titel des Originals: »The Case of the Angry Mourner«

Umschlaggestaltung: Manfred Waller
Umschlagbild: Grant V. Faint/The Image Bank, Hamburg
Gesamtherstellung: Ebner Ulm

TRAVEL CRIME

I

Belle Adrian erwachte mit dem unbehaglichen Gefühl, daß irgend etwas nicht stimmte.

Das Licht des Vollmondes flutete durch das Schlafzimmerfenster und warf ein goldenes Rechteck, das sich am Fuß des Bettes brach, auf den Teppich. Dem Stand der Schatten nach erkannte Mrs. Adrian, daß Mitternacht längst vorbei war.

Sie drehte sich um, versuchte, ihre Nervosität zu unterdrücken und wieder einzuschlafen. Aber ihre Gedanken kreisten ständig um Carlotta.

Vergeblich kämpfte ihre Vernunft gegen die Unruhe, die sie plötzlich ergriffen hatte. Carlotta war einundzwanzig, ein Alter, in dem sie sich gegen jeden Versuch mütterlicher Bevormundung auflehnte; und Carlotta war entweder schon zu Haus oder höchstens vierhundert Meter entfernt in Arthur B. Cushings Landhaus.

Mrs. Adrian unterdrückte den Wunsch, in Carlottas Schlafzimmer hineinzusehen. Wenn Carlotta zufällig aufwachte, würde es ihren jugendlichen Stolz verletzen, wie ein Kind behandelt zu werden. Und dennoch – mehr als drei Jahre kämpfte Belle Adrian nun schon den gleichen Kampf. Ihr mütterlicher Trieb, beschützen zu müssen, weigerte sich einfach, beiseite geschoben zu werden.

Mit siebzehn war Carlotta gehorsam und aufmerksam gewesen, mit neunzehn gutmütig tolerant, mit zwanzig ungeduldig.

Jetzt, mit einundzwanzig, wollte sie ihre Unabhängigkeit unbedingt respektiert wissen. Sie war erwachsen. Ihre Mutter war eine Freundin, eine Begleiterin, aber kein Ratgeber oder Aufpasser mehr.

Sosehr Belle Adrian sich auch bemühte, ihr Gefühl weigerte sich einfach, diese veränderte Situation hinzunehmen. Nach außen hin gelang ihr das schon, aber ihr Herz sagte einfach nein dazu. Carlotta blieb auch mit einundzwanzig ihr Kind, das beschützt werden mußte.

Belle Adrian überlegte, wie spät es wohl genau sei, ob Carlotta... Plötzlich kam ihr eine Idee. Sie brauchte doch nur in der Garage nachzusehen.

Sie schlüpfte aus dem Bett, zog einen Morgenrock und weiche Hausschuhe über und schlich auf Zehenspitzen durch die Hintertür hinüber zur Auffahrt.

Das Tor der Garage stand offen. Eine schwarze leere Höhle gähnte ihr entgegen.

Mrs. Adrian schaute im Mondlicht auf ihre Uhr. Als sie feststellte, wie spät es schon war, packte sie die Angst, und die dunklen Schatten der leeren Garage verstärkten dieses Gefühl der Panik noch.

Sie ging langsam um das Haus herum zur Nordseite. Von dieser günstigen Stelle aus konnte sie auf der anderen Seite der Bucht im See das Landhaus sehen, in dem Arthur Cushing die letzte Woche seines Urlaubs verbrachte. Ein gebrochener Knöchel, der ihn ans Haus fesselte, war die Folge eines Ski-Unfalls. Es war vor ungefähr zehn Tagen passiert, als Carlotta und dieser wohlhabende unverheiratete junge Mann Seite an Seite die steilen Hänge des Bear Mountain hinunterrasten. Aus diesem Grunde fühlte sich Carlotta auch ein wenig verpflichtet und war daher in letzter Zeit ein häufiger Besucher im Landhaus Cushings gewesen.

Da Arthur Cushing in Kürze in die Stadt zurückkehren würde, war es verständlich, daß er Carlotta zum Abendessen und zu einer Vorführung der 16-mm-Farbfilme eingeladen hatte. Sie waren in die Stadt zum Entwickeln gegeben und erst diesen Nachmittag zurückgeschickt worden.

Wenn man es so betrachtete, war es eigentlich noch gar nicht so spät, sagte sich Mrs. Adrian. Sie versuchte vergeblich, mit einem Lachen die Furcht zu verscheuchen, die sie aus dem Schlaf gerissen hatte.

Das schimmernde Wasser des Sees, das frostig im Mondlicht glitzerte, reflektierte die erleuchteten Fenster des Landhauses. Diese Lichter strahlten etwas Warmes und Beruhigendes aus. Zweifellos war alles in Ordnung, und jeden Augenblick konnten die Scheinwerfer von Carlottas Wagen in der Dunkelheit aufleuchten.

Mrs. Adrian schauerte vor Kälte und Nervosität. Sie beschloß, zurück ins Bett zu gehen, und dann würde sie schon einschlafen. Immerhin war Carlotta kein Kind mehr. Belle Adrian mußte einfach Selbstdisziplin lernen und...

Vom See her drang der Schrei einer Frau herüber. Er war abgeschwächt durch die Entfernung, trotzdem lag schierer Schrecken in ihm. Es war ein langgezogener, schriller Schrei.

Mrs. Adrian wartete nur einen Moment, um zu horchen, ob er sich noch einmal wiederholen würde. Dann rannte sie in ihr Schlafzimmer, zog hastig einen Tweedrock und eine Jacke an und schlüpfte in die erstbesten herumstehenden Schuhe, ohne noch Zeit mit Strümpfen zu verschwenden. Dann stürzte sie aus dem Haus.

Die Bucht lag zwischen ihr und dem Landhaus. Wenn sie nicht die Straße, sondern den Weg am Seeufer nahm, konnte sie ein schönes Stück abschneiden.

Landhäuser waren am Ufer des Sees wie Pilze aus der Erde geschossen. Früher gab es hier nur Farmland. Jetzt jedoch wurde die Gegend als Wintersportparadies immer beliebter. Später, wenn der See fest zugefroren war, würde das Schlittschuhlaufen beginnen, würden offene Feuer am Ufer brennen und riesige Kannen dampfenden Kaffees bereitstehen. Vorläufig lief man Ski.

Hier in einer Höhe von mehr als tausend Meter über dem Meeresspiegel hatte Mrs. Adrian Mühe, ihr rasches Tempo beizubehalten. Aber eisern lief sie weiter, entschlossen, diesem Schrei nachzugehen, egal, was Carlotta denken mochte. Er schien aus der Richtung des Cushing-Hauses gekommen zu sein.

Der Frost hatte eine weiße Decke gebildet, auf die der Mond herunterschien. Vom Reif überzogene Pflanzen peitschten gegen Belle Adrians nackte Beine, als sie den engen Pfad entlanghastete. Atemlos erreichte sie das Landhaus.

Der Bankier Dexter C. Cushing unterhielt diesen Besitz als ganzjährigen Erholungsort, obgleich Arthur, der Sohn, das Haus weit häufiger als sein Vater benutzte. Das Anwesen hatte eine besonders günstige Lage auf einer vorspringenden Halbinsel. Der Anlegeplatz für das Rennboot, das während des Sommers benutzt wurde, warf einen schwarzen Schatten.

Es gab Plätze draußen am Rande des Wassers, wo man

Steaks und Hähnchen briet, und einen riesigen Parkplatz vor der Garage an der Nordseite. Belle Adrian sah, daß die Vorhänge der Fenster an der Vorderseite des Hauses zugezogen waren. Nur an den Seitenfenstern waren sie offen. Das Licht vom Inneren des Hauses warf goldene Rechtecke auf die gefrorene Erde.

Mrs. Adrian rannte die Stufen der Veranda hinauf und läutete. Plötzlich durchfuhr es sie. Was sollte sie sagen, wenn die Tür aufging? Sollte sie den Schrei erwähnen? Welchen Schrei? Wie wußte sie denn, daß er aus diesem Haus gekommen war?

Eine Vorstellung nahm Gestalt an. Sie sah Cushings amüsiertes Gesicht, während er zuhörte, und Carlottas unwillig blitzende Augen, die über seine Schultern blickten. Arthur Cushing würde vielleicht ihre Kleidung nicht auffallen. Carlotta aber würde höchstwahrscheinlich stutzen.

Das gemütlich erleuchtete Haus strahlte Geborgenheit aus. Es schien wie geschaffen für ein modernes Paar und ein Rendezvous vor dem offenen Kamin. Die Störung durch eine verwirrte, ängstliche Mutter würde hoffnungslos altmodisch und äußerst lächerlich wirken.

Belle Adrian suchte einen Ausweg. Sie lief davon. Immer im Schatten des Hauses bleibend, rannte sie die Veranda hinunter zur Rückseite und hoffte, daß Arthur Cushing das Läuten der Glocke als einen dummen Streich oder vielleicht gar als Sinnestäuschung erklären würde.

Endlose Sekunden verharrte Mrs. Adrian und wartete auf Schritte und das Öffnen der Tür...

Da alles still blieb, ging sie vorsichtig um das Haus herum, um Carlottas Wagen zu suchen. Sie konnte ihn nicht finden.

Aber sie fand etwas anderes, das prompt alle ihre Befürchtungen wieder aufflackern und ihre Angst größer werden ließ. Aus dem Fenster an der Nordseite, der Rückseite des Hauses, flutete Licht in den Hof. Im goldenen Schimmer dieses Lichtes konnte sie sehen, daß Rauhreif auf dem Hof lag und der Erde ein kaltes, metallisches Glänzen gab. Aber es war nicht nur der Reif, der glitzerte. Glasteilchen reflektierten das Licht des Zimmers, und dann waren da die zwei langen schwarzen Reifenspuren eines Autos, das offensichtlich erst vor kurzem aus dem Hof gefahren war. Die Reifenspur begann am Ende eines schwarzen Rechtecks, dem Platz, auf dem sich, weil der Wagen hier gestanden hatte, kein Frost gebildet hatte.

Vorsichtig schlich Mrs. Adrian vorwärts, um nachzusehen. Die am Boden liegenden Glasstückchen waren gezackte Scherben, mit Silber bedeckt, offenbar die Überreste eines dicken Spiegels, der an der Mauer neben dem Fenster zerschmettert worden war.

Die Scheibe selbst war auch zerbrochen, und Teile des dünnen Fensterglases lagen vermischt mit den dicken, silbrigen Scherben des Spiegels.

Von der Erde aus konnte Mrs. Adrian nicht in das Zimmer blicken, aber das gähnende Loch in der zersplitterten Fensterscheibe und die silbrigen Spiegelscherben am Boden sprachen für sich. Von plötzlicher Panik ergriffen, rief Mrs. Adrian: »Ist etwas passiert?«

Ihre Stimme hatte ein frostiges Echo.

Nochmals rannte sie um das Haus zur Vordertür, drückte wie wahnsinnig auf die Glocke, probierte die Klinke und hämmerte schließlich vergeblich mit den Fäusten gegen die Türfüllung.

Belle Adrian lief zur Hintertür und drehte den Knauf, ohne erst anzuklopfen. Sie zögerte nur einen kurzen Augenblick, als sich die Tür in gutgeölten Angeln öffnete.

»Carlotta«, rief sie, »Carlotta... Arthur... Mr. Cushing!«

Als niemand antwortete, eilte sie durch die Küche, öffnete verschiedene Türen mit panischer Hast, die einem eiskalten Entsetzen Platz machte, als sie auf der Schwelle eines Zimmers stand, das offenbar sowohl Aufenthaltsraum als auch Schlafzimmer war.

Skier standen da, Wimpel und Trophäen, Gewehre hingen an Holzpflöcken, eine Sammlung eingerahmter Fotografien mit Autogramm, ein Bett und in der Mitte des Zimmers ein Rollstuhl.

Der Boden sah, an der Stelle, wo der Rollstuhl stand, wüst aus. Glasscherben lagen auch hier herum. Ein gerahmtes Bild lag zerknittert in einer Ecke am Fenster.

Im Rollstuhl hing, im Tod grotesk zusammengesunken, Arthur B. Cushing. Ein rotes Rinnsal lief aus einem dunklen Loch an seinem Seidenhemd hinunter. Rote Spritzer waren auf dem Fußboden.

Am Boden glitzerte ein Gegenstand. Es war eine offene Puderdose mit zerbrochenem Spiegel und verstreutem Puder, die fast die Füße des toten Mannes berührte.

Belle Adrian erkannte diese Dose, ohne die Gravur auf dem goldenen Deckel zu sehen. Arthur Cushing hatte sie Carlotta zum Geburtstag geschenkt.

Eine Weile, die wie eine Ewigkeit schien, stand Belle Adrian und starrte auf den Leichnam im Rollstuhl, auf das zerbrochene Fenster und auf die zerbrochene Puderdose.

Dann handelte sie.

So systematisch und ruhig, als räumte sie ihre Küche nach dem Essen auf, begann sie, jeden Hinweis zu beseitigen, der Carlotta mit Arthur Cushings Tod in Verbindung bringen würde.

2

Sam Burris machte sich methodisch an die schwierige Aufgabe, seine Frau zu wecken.

»Hast du das eben gehört?« fragte er.

Sie schnarchte leise.

Sam Burris nahm sie bei den Schultern und schüttelte sie. Seine Frau murmelte unverständliche Worte, denn sie hatte einen gesunden Schlaf. Sam rüttelte sie nochmals, bis sich ihre Augen blinzelnd öffneten.

»Was ist denn los?« fragte sie schlaftrunken.

»Hast du nicht den Lärm gehört?« fragte Burris.

»Nein«, antwortete sie und schloß ihre Augen wieder.

Burris schüttelte sie.

»Irgend etwas ist passiert. Ich habe Glas klirren und einen Schuß gehört.«

Mrs. Burris, stets auf Klatsch über das Urlaubsparadies um den See erpicht, begann mühsam, sich aufzurichten.

»Woher kam er?«

»Hörte sich so an, als käme er aus dem Cushing-Landhaus. Übrigens das einzige, wo noch Licht brennt. Ich habe aus dem Fenster geschaut, konnte aber niemand drüben sehen.«

Mrs. Burris war jetzt hellwach.

»Gib mir mal den Morgenrock, Sam!«

Sam, ein schmächtiger, drahtiger und lebhafter Typ, reichte

seiner Frau den dicken, abgesteppten Morgenrock vom Bettende und schlüpfte dann wieder zurück unter die warme Decke.

Mrs. Burris zog den Morgenrock über und wälzte sich, vom Quietschen der Sprungfedern begleitet, aus dem Bett.

Im gleichen Augenblick schrie eine Frau. Es war ein langgezogener, durchdringender Schrei, der ganz offensichtlich von Cushings Landhaus kam.

»Diese Cushings«, brummte Burris, »ich wünschte, ich hätte sie nie gesehen.«

Früher gehörte ihm das ganze Land oberhalb des Sees, doch Cushing senior hatte ihn überredet, rund zweihundert Morgen an ihn zu verkaufen.

»Er hat dir den geforderten Preis bezahlt«, sagte seine Frau ärgerlich, »es ist deine Schuld, wenn du nicht mehr verlangt hast. Was glaubst du, was da drüben vorgeht?«

»Wahrscheinlich immer dasselbe«, erwiderte Burris. »Wie konnte ich ahnen, daß er einen extravaganten Urlaubsort daraus macht? Ich habe ihm sowieso viermal so viel berechnet, wie es als Ackerland wert war.«

»Und hast dich damit blamiert«, fügte seine Frau hinzu. »Seitdem lachen die Leute dich aus. Jedenfalls ist er jetzt unser Nachbar, und wir können genausogut versuchen, mit ihm auszukommen.«

»Wir haben keine Nachbarn mehr«, murrte Burris, »nur Leute, denen angrenzende Grundstücke gehören.«

»Ist deine eigene Schuld, Sam... Ich sah Licht in dem Haus am anderen Ufer, in dem die Frau mit ihrer Tochter wohnt.«

»Mrs. Adrian?« fragte Burris, und seine Stimme verlor ihren weinerlichen Ton und klang plötzlich interessiert.

»Da, beim Fenster hängt das Fernglas. Schau mal hinüber!«

Seine Frau nahm das Fernglas vom Regal neben dem Fenster. »Ob die Adrians den Schrei auch gehört haben?«

»Kann sein«, brummelte Burris. »Es ist kalt. Leg dich wieder ins Bett!«

Seine Frau hob das Glas an die Augen und kümmerte sich nicht darum, was ihr Mann sagte. Jetzt, da sie einen Skandal witterte, konnte keine Macht der Welt sie bewegen, vom Fenster wegzugehen oder das Fernglas beiseite zu legen.

»In letzter Zeit ist ein ganz schöner Trubel hier am See«, schnaufte sie. »Dieser junge Cushing hat die halbe Nacht Mädchen drüben. Die Liebe hat sich tatsächlich geändert seit damals, als du mich in dem alten grünen Boot deines Vaters um den See herumgerudert hast.«

»Heute fackeln sie nicht mehr so lange, und das verflixte Boot war ewig leck«, schnaubte er. »Ich hatte immer eine leere Konservendose dabei, und wenn ich mich gerade an dich heranmachen wollte, mußte ich das verdammte Wasser aus dem Boot schöpfen... Zum Kuckuck, Betsy, mach, daß du wieder ins Bett kommst!«

Seine Frau ignorierte seinen Befehl und blieb, das Fernglas an die Augen gepreßt, vor dem Fenster sitzen.

Fünfzehn Minuten vergingen.

»Sieht aus, als wäre drüben ein Fenster eingeschlagen, Sam, und ich glaube, ich habe jemanden herumlaufen gesehen. Was hast du eigentlich vorhin gehört?«

Sam Burris gähnte und sagte schläfrig: »Nichts Besonderes, glaube ich. Ich wurde davon wach. So ein Klirren, vielleicht einen Schuß oder eine Fehlzündung und dann ein Auto, das nicht anspringen wollte.«

Mrs. Burris, die ständig viel und gern redete, überschüttete ihren Mann mit einem Wortschwall. »Erinnerst du dich, als wir in dem alten Boot zum Fischen fuhren und ein Gewitter aufkam? Wir rannten in Mosbys alte Scheune, und du hattest vergessen, das Boot mit der Unterseite nach oben zu legen.«

»Ich hatte es nicht vergessen«, protestierte Burris schläfrig, »nur war es so verdammt schwer. Ich konnte doch nicht wissen, daß es so stark regnen würde!«

»Na, es schüttete jedenfalls ganz schön«, sagte sie. »Sam, hast du alles vergessen?«

Sams Antwort war ein leises Schnarchen.

»Sam«, rief sie, »Sam! Wach auf und schau her!«

Sam Burris hörte auf zu schnarchen.

»Was ist los?«

»Du kommst sofort her, Sam Burris!«

Durch den bestimmten Ton ihrer Stimme erschreckt, wälzte sich Sam gehorsam aus dem Bett und ging zum Fenster.

»Schau dort hinüber!« befahl sie.

Zusammen blickten sie zum erleuchteten Fenster in Arthur Cushings Haus hinüber, etwa hundert Meter von ihrem Schlafzimmer entfernt.

»Ja, irgendwer läuft da herum«, sagte Sam. »Na, wenn schon.«

Wieder hob Mrs. Burris das Fernglas.

»Belle Adrian, Carlottas Mutter«, sagte sie. »Man sollte meinen, daß eine Frau in ihrem Alter mehr Verstand hat, als sich um diese Zeit im Haus eines Junggesellen herumzutreiben. Kannst du dir das vorstellen? Arthur Cushing geht mit Carlotta und nun die Mutter...«

Sam Burris griff zum Fernglas.

»Warte mal«, sagte er, »bist du sicher?«

Seine Frau stieß seine Hand beiseite.

»Natürlich bin ich sicher. Glaubst du, ich erkennen sie nicht? Ich kann sie ganz genau sehen... Ja, ein Fenster ist zerbrochen. Sonst sehe ich niemand. Sie läuft herum und..«

Rücksichtslos riß Sam Burris seiner Frau das Fernglas aus der Hand.

»Sam Burris«, schrie sie außer sich, »was fällt dir ein, mir das Glas wegzunehmen!«

Plötzlich lag ein neuer, frischer Ton von Autorität in der Stimme ihres Mannes.

»Halt den Mund«, sagte er, »das kann was Ernstes sein. Laß mich sehen!«

»Na, das finde ich gut, einem einfach die Sachen aus der Hand zu reißen. Was glaubst du denn, wer du bist?«

Burris gab ihr darauf keine Antwort, sondern berichtete nur, was er sah.

»Du hattest recht. Ich habe es nicht für möglich gehalten. Der Teufel soll mich holen, wenn du nicht den Nagel auf den Kopf getroffen hast.«

Das beruhigte sie. Sie sagte:

»Selbstverständlich hatte ich recht. Meine Augen sind noch genauso scharf wie früher. Was geschieht drüben?«

»Es ist die Adrian, die Mutter. Es sieht aus, als sammle sie irgend etwas auf... Was glaubst du, wie die Scheibe kaputtgegangen sein könnte? Von Arthur Cushing sehe ich nichts. Er scheint nicht da zu sein. Du, ich gehe besser mal hinüber und schau' nach, ob alles in Ordnung ist. Wie spät ist es eigentlich?«

»Woher soll ich denn das wissen? Die Uhr steht in der Küche. Geh und sieh nach, wenn du's wissen willst!«

»Kannst du das nicht machen? Ich muß hier aufpassen.«

»Du siehst nach, und ich passe auf.«

Sam Burris gab ihr das Fernglas.

»Ich denke, wir sollten etwas unternehmen. Vielleicht hat es einen Unfall gegeben.«

Er begann sich anzukleiden.

»Oder eines der Mädchen hat ihm endlich mal das verpaßt, was längst fällig war«, meinte Mrs. Burris.

»Zeit wäre es ja.«

»Sprich nicht so, Sam. Gehst du rüber?«

»Schätze ja.«

»Wird Cushing nicht gefallen.«

»Ist egal, was ihm gefällt. Erst das zerbrochene Fenster und dann die schreiende Frau.«

»Das war Belle Adrian, die geschrien hat.«

»Woher willst du denn das wissen?«

»Na, sie muß es gewesen sein. Wenn man sieht, wie sie da drüben herumhantiert, muß sie doch was zu verbergen versuchen.«

»Nein. Ich glaube eher, die Tochter hat geschrien, und die Mutter versucht, es zu vertuschen.«

»Geh und sieh nach, wie spät es ist. Ich will es wissen.«

Er nahm eine Taschenlampe, ging durch das Wohnzimmer in die Küche, kam zurück und sagte:

»Es ist halb drei. Ich gehe hinüber.«

»Ja, tu das lieber.«

»Sag niemand, daß die Adrian drüben war.«

»Und warum nicht?«

»Weil es nette Leute sind. Ihre Tochter war drüben, und es wird einen kleinen Streit gegeben haben... und du redest immer zuviel.«

»Na, das ist doch die Höhe. Seit wann gibst du mir Befehle? Ich glaube, wenn sich diese Frau da drüben mit einem Mann herumtreibt, der zehn Jahre jünger ist, dann versucht sie nur, ihn ihrer Tochter auszuspannen. Ich habe ein Recht, meine Meinung darüber zu sagen, wo ich es doch mit eigenen Augen gesehen habe.«

»Du wirst still sein«, sagte er. »Wie die Dinge hier jetzt liegen, ist der Klatsch schnell herum.«

»Sam Burris, ist dir klar, mit wem du redest und was du da sagst?«

»Die Adrians sind nette Leute«, wiederholte er stur.

»Aber Sam, du sagst, du hättest einen Schuß gehört!«

»Es war eine Fehlzündung. Glaubst du, Mrs. Adrian würde dort drüben herumlaufen, wenn es wirklich ein Schuß gewesen wäre?«

»Sie läuft nicht ohne Grund herum, Sam Burris. Und wenn ihre Tochter drüben bei Cushing war und sie von ihm weiß, was wir von ihm wissen...«

»Geben wir den beiden doch eine Chance. Wir wissen, wie Arthur Cushing ist, und es wurde langsam Zeit, daß jemand etwas unternimmt.«

»Geh und schau nach, was passiert ist, Sam. Es wäre doch möglich, daß sie ihn überrascht hat, wie er bei ihrer Tochter den starken Mann markiert. Und da kann schon etwas Schlimmes passiert sein.«

Offensichtlich widerwillig ging Sam Burris zum Schrank und zog sich einen dicken Mantel, eine Mütze und Ohrenwärmer an.

»Du kannst jetzt ruhig noch langsamer machen, Sam«, sagte Mrs. Burris bissig. »Sie ist weg.«

3

Mrs. Adrians Herz klopfte immer noch vor Aufregung über die Ereignisse der letzten Stunden, als sie an die Stelle kam, wo der schmale Weg die Straße kreuzte. Dann war sie bei ihrem Haus angelangt.

Die Garage war immer noch leer.

Einen Augenblick lang war sie darüber verwundert, denn sie hatte gemeint, daß Carlotta das Haus Cushings kurz nach diesem entsetzlichen Schrei verlassen haben mußte. Normalerweise hätte sie den Wagen in die Garage gestellt, die Tür geschlossen und wäre ins Bett gegangen.

Jetzt konnte die gähnende Leere der Garage nur eines bedeuten. Carlotta war geflohen. Das Dümmste, was sie hatte tun können.

Flucht war ein Beweis von Schuld. Der Verdacht würde unweigerlich direkt auf Carlotta fallen. Die Polizei würde erfahren, daß Arthur Cushing eine Verabredung zum Abendessen mit Carlotta hatte, und sie verhören wollen. Wenn sich herausstellte, daß sie fort war, würde man sie sofort als Hauptverdächtige betrachten, und nicht einmal der ausgekochteste Rechtsanwalt könnte dann noch eine Geschichte konstruieren, die den Geschworenen einleuchten würde.

Mrs. Adrian überlegte einen Moment. Carlottas Flucht mußte vertuscht werden. Es mußte so aussehen, als hätte sie diese Fahrt schon einige Tage vorher geplant – eine Fahrt in die Stadt, um Einkäufe zu besorgen.

Das bedeutete, daß Mrs. Adrian zwei Dinge zu tun hatte. Sie mußte Carlotta finden, bevor die Polizei nach Arthur Cushings Gast suchte, und ihren Koffer packen. Wenigstens das Allernotwendigste, das Carlottas übereilter Abreise den Anschein der Flucht nahm.

Mrs. Adrian stürzte in das Schlafzimmer ihrer Tochter und eilte zum Schrank. Starr vor Schreck hielt sie plötzlich inne, denn in Carlottas Bett, das vom Mond bestrahlt wurde, bewegte sich etwas.

Carlotta wollte gerade schreien, faßte sich aber, als sie ihre Mutter erkannte.

»Ja Mammie, was, um Himmels willen, ist denn los?« fragte sie.

»Du?« rief Mrs. Adrian.

Carlotta war mit einem Schlag hellwach. Sie sagte leise: »Natürlich, wen hast du denn erwartet?«

»Ich… wie lange bist du schon zu Hause?«

»Keine Ahnung. Eine ganze Weile. Warum?«

»Das Auto ist nicht in der Garage.«

»Ich hatte eine Reifenpanne auf dem halben Weg nach Haus. Darum habe ich es stehengelassen und bin den Rest zu Fuß gegangen. Jetzt sag nur nicht, du hattest wieder Sorgen und bist herumgelaufen und…«

»Carlotta, ich habe nicht geschnüffelt!«

»Ich habe nicht gesagt geschnüffelt, Mutter, ich sagte herumgelaufen.«

»Nun, das ist doch dasselbe.«

Carlotta sagte leichthin: »Sei nicht altmodisch und reg dich nicht auf. Ich kann mir ja vorstellen, wie schwer es für eine Mutter ist, sich damit abzufinden, daß ihr Kind erwachsen ist.«

Mrs. Adrian schaltete das Licht ein.

»Hattest du… hast du Ärger gehabt, Carlotta?«

»Laß uns jetzt nicht davon sprechen, Mammie, bitte!«

Mrs. Adrian ging zu dem Stuhl hinüber, auf den Carlotta ihre auffallend gemusterte Bluse hingeworfen hatte. Sie hob sie auf und sah, daß sie vorn zerrissen war.

Carlotta wurde rot. »Aber Mammie, jetzt schnüffelst du wirklich.«

»Carlotta, ich bin... ich muß wissen, was geschehen ist.«

»Na gut, Mammie«, entgegnete Carlotta unwillig, »du willst es so haben. Ich bin erwachsen. Ich habe Kurven, die den Männern nicht verborgen bleiben. Natürlich machen sie auch Annäherungsversuche. Ich fürchte, wir werden sie nicht ändern können. Die Tatsache, daß die Bluse zerrissen ist, sollte für sich sprechen. Deine mütterliche Sorge wäre weitaus angebrachter, wenn sie es nicht wäre.«

»Darum geht es nicht, Carlotta. Ich möchte wissen, was... was hast du getan?«

»Ich sagte nein die ersten vier- oder fünfmal«, antwortete Carlotta gereizt. »Dann zeigte ich ihm, daß ich es auch so meinte. Und als er es mit Gewalt noch einmal versuchen wollte, versetzte ich ihm eins und ging.«

»Du hast ihm eine Ohrfeige gegeben?«

»Ohrfeige? Daß ich nicht lache. Ich verpaßte ihm einen Kinnhaken. Offen gesagt, ich habe ja nichts dagegen, wenn Männer Annäherungsversuche machen. Ich mag es sogar. Aber ich mag Männer, die dann auch ein Nein vertragen können. Und nun, wenn du deine Nase genug in meine Angelegenheiten gesteckt hast, würde ich vorschlagen, daß wir diese Diskussion für heute beenden und schlafen gehen, obgleich ich nicht glaube, daß ich jetzt schlafen kann.«

Mrs. Adrian griff in die Jackentasche und sagte ganz ruhig: »Hier ist die zerbrochene Puderdose, die du dort gelassen hast, Carlotta.«

Mit einem Satz war Carlotta aus dem Bett und griff nach ihrem Morgenmantel.

»Wo hast du das her?«

»Aus Cushings Landhaus.«

Carlottas Gesicht erstarrte zu einer Maske. »Du... um Himmels willen, Mutter, du warst doch nicht dort?«

Mrs. Adrian nickte.

»Es tut mir leid«, sagte Carlotta mit zusammengekniffenen

Lippen, »aber das geht selbst für eine Mutter entschieden zu weit.«

»Und«, fuhr Mrs. Adrian unbeirrt fort, »ich fand ihn im Rollstuhl mit einer Kugel in der Brust, deine Puderdose auf dem Fußboden und ein Fenster eingeschlagen, wo...«

»Eine Kugel?«

»Ja.«

»Du meinst, daß er...«

»Ja. Tot.«

»Und was hast du getan?«

»Ich habe jede Spur beseitigt, die beweisen würde, daß du dort warst. Jedenfalls hoffe ich das.«

»Um Gottes willen!« stieß Carlotta hervor. Und dann befahl sie: »Mach das Licht aus. Es braucht nicht die ganze Gegend zu wissen, daß wir noch wach sind. Komm ins Bett und laß uns die Dinge besprechen!«

4

Das Tageslicht lag kalt und frostig wie ein grauer Mantel über dem See. Im ersten schwachen Schein der aufgehenden Sonne spiegelten sich die schneebedeckten Berge in dem metallisch grünlichblauen Wasser.

Plötzlich läutete die Türglocke bei Adrians lang und schrill.

Mrs. Adrian schirmte die Taschenlampe mit der linken Hand so ab, daß nur ein schmaler, fast unmerklicher Lichtstrahl auf Carlottas und ihr entmutigtes Gesicht fiel.

»Das wird die Polizei sein, Carlotta«, flüsterte sie. »Ich dachte... ich hoffte, wir hätten noch Zeit, dich wegzubringen. Wenn wir es doch geschafft hätten!«

»Alles wegen der Reifenpanne. Wenn das nicht passiert wäre!« sagte Carlotta.

»Paß auf«, unterbrach sie Mrs. Adrian. »Also gleich, nachdem die Haushälterin gegangen war, hattest du Streit mit ihm. Du hast ihn in seinem Rollstuhl sitzenlassen und bist nach Haus gekommen. Er begleitete dich nicht einmal zur Tür. Er war eingeschnappt und wütend. Du hattest die Reifenpanne, hast das Auto stehengelassen und bist den Rest zu Fuß gegangen. Du hattest einen Besuch geplant und...«

»Aber Mammie«, fuhr Carlotta dazwischen, »sie sind schon

hier. Wäre es nicht besser, so zu tun, als hätte ich gar nicht vor, irgendwo hinzufahren?«

»Du vergißt den gepackten Koffer, Liebling!«

»Den stellen wir in den Schrank.«

»Und wenn sie das Haus durchsuchen?«

Draußen wurde immer noch geläutet.

»Wenn nur Harvey nichts davon erfährt«, flüsterte Carlotta.

»Aber er ist doch Rechtsanwalt, Kind. Er könnte uns helfen.«

»Das will ich nicht, Mammie. Harvey meint es ehrlich. Ich liebe ihn. Arthur Cushing war ein Playboy. Seine Absichten lagen auf der Hand. Ich glaube, es hat mir Spaß gemacht, mit dem Feuer zu spielen... Du mußt dich ausziehen, Mammie, wir können es nicht ewig klingeln lassen.«

Mrs. Adrian zog die Schuhe aus. »Geh ins Bett, Liebling«, sagte sie, und dann rief sie mit verstellter Stimme, so als wäre sie gerade aufgewacht: »Wer ist da?«

Die einzige Antwort war das ununterbrochene Klingeln.

»Einen Moment«, rief Belle Adrian schwach. »Ich muß mir nur etwas überziehen!«

Sie stand am Bett und zog hastig ihre Sachen aus. Dann schlüpfte sie in einen Morgenrock, ging zur Tür, schaltete das Licht auf der Veranda ein und öffnete.

Draußen stand Sam Burris. Seine Ohren und seine Nase waren vor Kälte gerötet.

»Nanu..., nanu, Mr. Burris? Was ist los? Ist etwas passiert?« fragte Mrs. Adrian.

»Ich möchte mit Ihnen sprechen«, antwortete Sam.

»Um diese Zeit?«

»Es ist wichtig.«

»Meinetwegen. Es ist zwar noch nicht aufgeräumt, aber kommen Sie herein. Warten Sie im Wohnzimmer auf mich, bis ich mir etwas angezogen habe.«

Sam Burris schien verlegen und etwas durcheinander.

»Also worum handelt es sich?« fragte sie.

»Ich weiß nicht recht, wie ich anfangen soll«, begann er unbeholfen.

»Also wirklich, Mr. Burris. Wenn Sie zu dieser Zeit kommen, darf ich wohl annehmen, daß es äußerst wichtig ist.«

»Ist es auch. Sie wissen, wir haben das Haus da oben, wo...«

»Ich weiß, wo Ihr Haus steht.«

»Und aus unserem Schlafzimmer können wir genau in Arthur Cushings Wohnzimmer sehen.«

»Genau in das Wohnzimmer?« rief sie aus. »Aber Sie müssen fast hundert Meter davon entfernt sein. Sie...«

»Stimmt, Madam, ungefähr hundert Meter. Aber in einem beleuchteten Zimmer kann man nachts alles ziemlich genau erkennen, wenn die Jalousien nicht heruntergelassen sind. Und Geräusche sind in der Nacht auch sehr klar.«

»Worauf wollen Sie hinaus?«

»Arthur Cushing«, sagte er, »nun, ich möchte ihn nicht als Umgang für meine Tochter, wenn ich eine hätte.«

»Besten Dank«, erwiderte Mrs. Adrian von oben herab. »Aber erstens sind Töchter heutzutage geneigt, ihr eigenes Leben zu führen, und zweitens schätze ich es nicht sehr, daß man mich aus dem Schlaf reißt, nur um mich vor den Freunden meiner Tochter zu warnen. Und das versuchen Sie doch wohl, oder?«

»Nein, Madam, es ist mehr als das. Sehen Sie, Arthur Cushing ist tot.«

»Tot?« rief sie aus. »Tot! Arthur Cushing ist tot?«

Er nickte.

Im Moment fiel ihr nichts ein, was sie noch dazu sagen könnte. Forschend blickte sie ihn an und nahm sich vor, ihn so weit zu bringen, ihr alles zu erzählen, was er wußte. Natürlich durfte er nicht merken, daß er ausgehorcht wird, und auf keinen Fall durfte sie ihr besonderes Interesse an der Geschichte zeigen.

»Ja«, sagte sie nach einer Pause. »Das ist außerordentlich tragisch. Es muß sehr plötzlich passiert sein. Meine Tochter war, glaube ich, gestern abend zum Essen bei ihm. Sie sahen sich noch einige Filme an. Wegen seines Beines konnte er doch nicht ausgehen. Sie kam sehr früh nach Hause und...«

»Sie brauchen mir nichts zu erklären, Madam. Gerade darüber möchte ich ja mit Ihnen sprechen.«

»Gut«, ermunterte sie ihn. »Sprechen Sie sich ruhig aus. Seien Sie nicht schüchtern. Was ist es?«

»Arthur Cushing spielte gern den reichen Gentleman, wenn er damit zum Ziel kam«, begann Burris. »Aber wenn es nicht nach seinem Willen ging, konnte er ziemlich grob werden.«

Mit vollendeter Beherrschung saß Mrs. Adrian in ihrem Stuhl und schwieg.

»Meine Frau und ich haben allerhand da drüben gesehen«, fuhr Sam Burris fort, »wir hörten Streit; manchmal schrie eine Frau und... Arthur hat sich eben nie die Mühe gemacht, die Jalousien in seinem Zimmer herunterzulassen. Vielleicht dachte er, daß man aus einer solchen Entfernung nichts bemerken würde.«

Mrs. Adrian schwieg weiter.

»Aber«, meinte Burris weiter, »wissen Sie, wir wohnen hier schon ziemlich lange, und wir haben ein sehr starkes Fernglas.«

»Ein Fernglas?« echote Mrs. Adrian und versuchte, die Angst aus ihrer Stimme zu halten.

Er nickte.

»Ich möchte nicht, daß Sie glauben, wir wären Schnüffler oder so etwas. Aber immerhin, wenn man spät in der Nacht eine Frau schreien hört und dann sieht, wie zwei Leute miteinander raufen, vergewissert man sich doch, ob alles in Ordnung ist, bevor man sich wieder hinlegt.«

Sie nickte mit zusammengekniffenen Lippen.

»Ich habe einen sehr leichten Schlaf«, sagte er. »Meine Frau dagegen schläft ziemlich fest. Man muß sie erst anstoßen, damit sie wach wird. Sie ist wie die meisten Frauen von hier. Sie redet zuviel, so daß ich ihr manchmal nicht alles sage, was ich sehe. Das erstemal, als so etwas passierte, weckte ich sie. Ich sollte gleich hinübergehen, bis sich später herausstellte, daß dazu gar kein Grund vorhanden war.«

»Was meinen Sie damit?«

»Dieses Mädchen wurde allein mit ihm fertig«, sagte Burris. »Ob Sie's glauben oder nicht, sie knallte ihm eine und ging.«

»Und das war... vor einiger Zeit?« fragte sie.

»Vor drei oder vier Monaten.«

»Ach so«, meinte Belle Adrian erleichtert und ärgerte sich über sich selbst, weil sie sich so wenig in Gewalt hatte.

»Und beim nächstenmal«, fuhr Burris fort, »war es genau umgekehrt.«

»Wieso?«

»Nun, dieses Mädchen kämpfte mit ihm. Ich zog mich an. Wir haben kein Telefon, und ich wollte losgehen und den Sheriff benachrichtigen. Und dann, ja dann schien es ihr plötzlich zu gefallen. Das nächste, was wir sahen, war, daß sie sich genau vor dem Fenster küßten. Es machte mich ganz krank, mit anzusehen, daß es Frauen gibt, die auf so etwas hereinfallen.«

»Manche Frauen schon«, sagte Mrs. Adrian. »Vielleicht hat sie auch nur so getan. Haben Sie... konnten Sie sie erkennen?«

»Ja, ganz deutlich sogar«, entgegnete Burris. »Sie war seitdem ziemlich oft drüben. Ein sehr gut aussehendes Mädchen. Ich weiß nicht, wie sie heißt, sie hat schwarzes Haar und schieferfarbene Augen, aber... nun, ich möchte nicht, daß Sie denken, wir spionieren absichtlich anderen nach, es ist nur... ich hasse es, Leute wie Arthur Cushing in der Nachbarschaft zu haben.«

»Sie haben ihn doch hierhergebracht, nicht wahr? Verzeihung, ich meine, Sie haben ihm doch das Land verkauft.«

»Und habe mich damit zum Narren gemacht«, gab Burris zu. »Ich war ja dumm. Sie hatten einen Grundstücksmakler, der nicht mehr lockerließ und mir alles mögliche vorschwindelte. Dieser Bursche erzählte mir, er hätte einen Mann, der sich für Ackerland interessiert. Es käme ihm nicht auf den Ertrag an, sondern er wolle nur eine Farm, mit der er Geld verliert, damit er etwas von seiner Einkommensteuer absetzen könnte. Da dachte ich mir, wenn einer Geld verlieren will, werde ich ihm gern behilflich dabei sein. Ich nannte ihm einen Preis, viermal so hoch wie das Land wert war. Darüber hinaus gab ich auch noch mein Einverständnis zu einer Option auf den Rest meines Besitzes. Auch viermal so hoch wie der eigentliche Preis.«

»Und dann stellte sich heraus, daß Dexter Cushing der Käufer war?«

»Stimmt. Er wollte es nicht als Ackerland, er brauchte es für ein Sporthotel... ich glaube, es war Arthur, der ihm diesen Floh ins Ohr gesetzt hat. Jedenfalls bauten sie ihr Landhaus und erzählten überall von ihren Hotelplänen. Das trieb mich natürlich in die Enge.«

»Aber wird Ihr Grund dadurch nicht im Preis steigen?«

»Schon«, sagte Burris, »aber nur steuerlich. Ich sitze fest mit den Steuern. Sie haben ihre Option, jederzeit, wann es ihnen paßt, zu kaufen. Aber lassen Sie uns damit nicht die Zeit vergeuden. Sie meinten, ich hätte ihn hergebracht, und darum erzählte ich Ihnen, wie es wirklich war. Worauf ich hinaus will, ist, daß wir Sie heute nacht bei Cushing gesehen haben.«

Mrs. Adrian saß wie gelähmt.

»Mich?« fragte sie mit einer Stimme, die unbeteiligt und überrascht klingen sollte.

»Bitte, Madam, verstehen Sie mich nicht falsch«, bat Burris. »Wir wissen... Sie und Ihre Tochter sind die nettesten Leute, die zu uns gekommen sind.«

»Danke«, sagte sie eisig.

»Ich wußte, was kommen würde«, meinte Burris, »das heißt, daß dieser Cushing es probieren würde und... ja, und ich wollte Sie schon eher warnen. Dann sagte ich mir, das tue ich, wenn es einmal nötig ist.«

»Das ist wirklich sehr nett von Ihnen, Mr. Burris, aber ich verstehe Sie immer noch nicht. Sie sagten, Sie sahen mich bei Cushing. Carlotta war natürlich dort und...«

»Wir haben Carlotta gesehen«, sagte er, »später, wir waren schon schlafen gegangen, wachte ich plötzlich auf. Ich hörte Glas klirren und den Schuß, und dann schrie eine Frau. Jetzt standen wir auf, um nachzusehen, was passiert ist.«

»Wenn irgend etwas geschehen ist«, sagte Mrs. Adrian, »dann ist es doch wohl ihre Pflicht, zur Polizei zu gehen und...«

»Ich war bei der Polizei«, erklärte er geduldig. »Deshalb konnte ich auch nicht eher hier sein.«

»Ich verstehe«, brachte sie mühsam hervor.

»Wenn Sie mir vielleicht zuhören würden, Madam, und mich erklären lassen. Vielleicht haben wir nicht mehr viel Zeit, und ich möchte, daß Sie mich verstehen.«

»Also gut«, sagte sie, »dann erklären Sie es mir.«

»Einem Mann wie mir fällt es schwer, bei einer Dame die richtigen Worte zu finden«, platzte Sam Burris los, »aber ich weiß, was Ihnen bevorsteht. Ihre Tochter hat Arthur Cushing getötet, und er hatte es auch verdient. Sie hörten ihren Schrei und den Schuß und gingen hinüber, um nachzusehen, was los war. Und jetzt versuchen Sie, Ihre Tochter aus der Sache herauszuhalten. Ich weiß natürlich nicht, welche Beweise der Sheriff finden wird, aber was meine Frau und mich betrifft, werden wir kein Sterbenswörtchen sagen. Carlotta ist ein liebes Mädel. Cushing war der Abschaum der Menschheit... ich möchte Ihnen damit sagen, daß wir auf Ihrer Seite sind.«

»Mr. Burris, Sie irren sich gewaltig. Carlotta kam schon ziemlich früh nach Haus. Sie...«

»Sie brauchen mir das nicht zu erklären, Madam. Ich versuche nur, Ihnen klarzumachen, daß ich weiß, wie solche Dinge sind. Die Zeitungen werden die Geschichte breittreten, und wenn ein Mädchen einmal in so etwas hineingezogen worden ist, leidet sie ihr ganzes Leben darunter. Sehen Sie, ich weiß ja, wie es war. Das Glas, der Schuß, der Schrei, das habe ich alles gehört, bevor Sie kamen. Meine Frau redet manchmal leider mehr, als mir lieb ist. Aber diesmal habe ich meinen Willen durchgesetzt und ihr befohlen, über die ganze Angelegenheit den Mund zu halten.«

»Sie haben... Sie haben dem Sheriff nichts gesagt?«

»Natürlich sprach ich mit ihm«, erwiderte Burris. »Er stellte mir eine Menge Fragen, zum Beispiel, ob ich gesehen habe, wie jemand das Haus verließ. Ich sagte nein, und das ist keine Lüge, denn ich sah es auch nicht. Ich erzählte ihm, daß ich zuerst Glas klirren hörte und dann den Schuß. Und daß meiner Meinung nach in diesem Augenblick der Mord verübt wurde. Ich sagte ihm auch, daß der Schrei erst eine Weile danach kam und daß weder meine Frau noch ich irgend etwas sehen konnten, als wir daraufhin aus dem Fenster sahen. Davon, daß Sie drüben waren, haben wir nichts gesagt, denn ich glaube, das geht ihn nichts an.«

»Carlotta war zu Haus und lag schon vor Mitternacht im Bett«, beharrte Mrs. Adrian.

»Mich brauchen Sie davon nicht zu überzeugen, Madam. Ich will Ihnen nur erklären, daß wir es gut mit Ihnen meinen.«

»Ich weiß«, sagte Mrs. Adrian verzweifelt, »aber im Innersten Ihrer Seele glauben Sie, daß meine Tochter Arthur Cushing erschossen hat.«

Er hob den Kopf und blickte sie an. »Und das glauben Sie auch!«

Diese Feststellung kam so unerwartet, so bestimmt, daß Belle Adrian seinem Blick nicht standhalten konnte.

Sam Burris stand auf. Langsam sagte er: »Ich dachte, ich sage Ihnen Bescheid, Mrs. Adrian. Der Sheriff kommt wahrscheinlich, um Ihre Tochter zu verhören. Erzählen Sie ihm, daß sie vor Mitternacht nach Haus gekommen ist und daß ich hier war und Ihnen sagte...«

»Aber das kann ich ihm doch nicht sagen«, unterbrach sie ihn.

»Sie müssen es sogar. Wenn Sie versuchen, die Überraschte

zu spielen, werden Sie übertreiben, genau wie vorhin, als ich Ihnen sagte, daß Arthur Cushing tot ist. Leute, die wie ich auf dem Lande leben, können vielleicht nicht so gut reden, aber um so besser beobachten. Ich könnte nicht einmal sagen, was Sie falsch gemacht haben, und ich glaube auch nicht, daß es der Sheriff könnte. Aber irgend etwas haben Sie eben falsch gemacht.

Unser Sheriff ist in diesen Dingen sehr eigen. Es macht ihm Spaß, Leute in die Enge zu treiben und ihnen eine Falle zu stellen. Nein, sagen Sie ihm nur ruhig, daß ich vorbeikam und Ihnen erzählte, daß Arthur Cushing erschossen wurde.«

»Aber um diese Zeit?« fragte sie. »Er wird sich gewiß wundern, warum...«

»Ganz einfach«, unterbrach Burris sie halsstarrig, »weil ich wußte, daß Carlotta zum Abendessen bei ihm war und ich zu meiner eigenen Beruhigung herausfinden wollte, wann sie nach Haus kam. Ich glaube, es wäre auch nicht schlecht, wenn Sie so täten, als wären Sie fürchterlich böse auf mich, weil ich Sie so früh aus dem Bett geholt habe, verstehen Sie? Hier oben sind wir anders als die Leute aus der Stadt. Sie können dem Sheriff sagen, ich war ganz aufgeregt und schien vor Sensationslust fast zu platzen. Ich mußte meine Neuigkeit einfach anbringen. Ich glaube, das ist das beste. Sie brauchen dann nicht erstaunt zu tun und werden nicht in seine Falle gehen.«

Abrupt stand er auf und wandte sich zur Tür. »Ich denke, das ist alles, was ich zu sagen habe«, meinte er.

Wortlos reichte sie ihm die Hand.

»Wissen Sie, ich wollte immer schon einmal das sein, was Sie einen Gentleman nennen«, sagte er, »die Sorte, die so geschickt im Reden ist und jeden Gedanken ausdrücken kann. Ich mußte die Schule nach vier Klassen verlassen und seitdem immer arbeiten. Wir sehen viele Leute aus der Stadt hier oben. Und mit der Zeit können wir sie ganz gut unterscheiden. Die meisten sind Angeber, aber hin und wieder sind auch feine Menschen darunter. Sie und Ihre Tochter sind so. Ich wünschte, ich könnte es Ihnen richtig erklären.«

»Sie haben es sehr gut gemacht«, sagte sie sanft.

»Ich glaube, es wäre gut, wenn Sie sich einen Anwalt nehmen. Sie brauchen es dem Sheriff ja nicht zu sagen, aber...«

»Perry Mason, der berühmte Rechtsanwalt, macht hier Urlaub. Ich hatte schon daran gedacht, zu ihm zu gehen.«

»Das habe ich mir auch schon überlegt«, sagte Burris, »allerdings ist er, glaube ich, ziemlich teuer.«

»Ich habe Geld«, sagte sie schlicht.

»Dann ist es ja gut, er ist nämlich ein hervorragender Anwalt«, meinte Burris. »Ich glaube ja nicht, daß der Sheriff Ihnen noch allzu viele Fragen stellen wird. Er kennt Sie und Carlotta.«

»Ich wußte gar nicht, daß wir so populär sind«, erwiderte Mrs. Adrian.

»Na, Sie würden sich wundern, wieviel über die Leute gesprochen wird, die hierherkommen, und wie genau wir sie einschätzen können...« Dann fügte er hinzu: »Viel Glück, Mrs. Adrian! Und wenn ich irgend etwas für Sie tun kann, Sie können immer auf mich zählen.«

Unbeholfen ging er zur Tür. Auf der Schwelle blieb er stehen und sagte: »Ihre Tochter tötete ihn, aber sie hatte bestimmt allen Grund dazu. Quälen Sie sie nicht mit allzu vielen Fragen und lassen Sie auch nicht zu, daß der Anwalt sie zu sehr drängt. Da sind noch andere Mädchen, und wenn Ihr Rechtsanwalt die finden kann, wird das Interesse von Carlotta abgelenkt. Sie machen sich Ihre Gedanken, und ich mache mir meine. Aber eines wissen wir alle beide: Carlotta ist ein prächtiges Mädchen, nett, jung, anständig, wie man es nur selten findet. Man muß ihr eine Chance geben.«

Und damit stolperte Burris in den kalten grauen Morgen hinaus.

Als er gegangen war, stand Mrs. Adrian gedankenvoll einen Augenblick in der Mitte des Zimmers. Dann ging sie zu Carlotta zurück.

»Was hat er gesagt, Mammie?« wollte Carlotta wissen.

»Nicht viel. Er erzählte mir, daß Arthur Cushing tot ist«, antwortete Mrs. Adrian.

»Woher wußte er das?«

»Er hörte den Schuß und das Klirren von Glas.«

»Er? Wann denn?«

»Als es passierte, so gegen zwei Uhr morgens, glaube ich.«

»Mammie, sah er... blickte er zum Fenster hinaus? Hat er jemand gesehen?«

Mrs. Adrian lächelte: »Sein Haus und Cushings liegen hundert Meter auseinander, mein Kind.«

Auf Carlottas Gesicht spiegelte sich Erleichterung. Sie sagte:

»Aus einer Entfernung von hundert Metern kann man niemanden erkennen, stimmt's, Mammie?«

»Natürlich nicht«, beruhigte sie Mrs. Adrian. »Außerdem ist das ganz unwichtig. Ich gehe hinüber und spreche mit Perry Mason, dem Rechtsanwalt.

5

Perry Mason lag unter seiner warmen Decke in dem ungeheizten Schlafzimmer des Bergbungalows. Es war schon hell genug, so daß er seinen Atem genau in der frostigen Luft sehen konnte.

Das Haus gehörte einem seiner Klienten, und Mason hatte dankbar akzeptiert, als es ihm für einen längst fälligen Urlaub angeboten wurde. Er hatte sich vorgenommen, einmal richtig auszuspannen. Zu seinem Unwillen jedoch mußte er jetzt feststellen, daß er bereits nach vier oder fünf Stunden Schlaf wieder hellwach war und seine Gedanken immer noch um seine Kanzlei und die Probleme seiner Klienten kreisten.

Perry Mason hatte es sich zur Gewohnheit gemacht, sich tagsüber beim Skilaufen und Reiten so viel körperliche Bewegung zu verschaffen, daß er abends um neun todmüde ins Bett kriechen und eine lange, traumlose Nacht vor sich haben würde. Aber es war immer dasselbe: gegen Mitternacht wachte er wieder auf, zog sich einen Morgenmantel über und ging aus dem kalten Schlafraum hinüber in das Wohnzimmer, das durch eine Ölheizung immer wohltemperiert war. Hier streckte sich der Anwalt in einem großen Stuhl aus, nahm ein paar Vorentscheidungen des Obersten Gerichts und des Bezirks-Berufungsgerichts zur Hand und begann, diese Entscheidungen zu studieren. Er prüfte die richterlichen Beschlüsse sorgfältig und je nachdem, ob er mit den Ergebnissen zufrieden war, nickte er zustimmend mit dem Kopf oder zog unwillig die Stirn in Falten.

Nach zwei, drei Stunden wurde er wieder müde, ging zurück in das eiskalte Schlafzimmer und kuschelte sich unter die Decke. Aber zu seinem Ärger war er bereits bei Tagesanbruch wieder hellwach.

Der Rechtsanwalt kannte diese Symptome nur zu gut. Die

Angelegenheiten seiner Klienten beschäftigten ihn so sehr, daß er sein Unterbewußtsein einfach nicht ausschalten konnte. Er hatte Della Street, seine vertraute Sekretärin, angewiesen, nicht mit ihm in Verbindung zu treten, es sei denn, in Fällen von allergrößter Wichtigkeit. Vier Tage lang hatte sie es pflichtbewußt vermieden, ihn auch nur telefonisch zu sprechen.

Heute war Sonntag, und Della sollte gegen Morgen ankommen. Sie mußte ihm Akten bringen, die Masons persönliche Entscheidungen verlangten.

Während er so im Bett lag, faßte Mason einen Entschluß. Er würde heute nachmittag mit Della zurückfahren, zurück zu seiner Arbeit, wo er den Problemen direkt gegenüberstand. Mason hatte sein Gehirn darauf trainiert, blitzschnell zu reagieren. Diese außerordentliche Fähigkeit erwies sich jetzt für ihn als Bumerang. Er konnte den einmal ins Laufen gebrachten Motor einfach nicht mehr abstellen.

Mason reckte sich, gähnte, zog seinen Bademantel und ein Paar Slipper an und wollte sich gerade duschen, als er Schritte auf der Veranda hörte. Kurz darauf hämmerte jemand an die Vordertür.

Mißmutig ging Mason durch das elegante, im ländlichen Stil eingerichtete Wohnzimmer, öffnete die Tür und stand vor Belle Adrian.

Mit ängstlichen Augen blickte sie auf die große Gestalt des Anwalts, auf sein dichtes, noch zerzaustes Haar, die granitharten Züge und in seine ruhigen, forschenden Augen. Sie sah die Hausschuhe und die Hosenbeine des Pyjamas, die unter seinem Bademantel hervorkamen.

»Es tut mir leid«, sagte sie, »so schrecklich leid, daß ich Sie geweckt habe... Jetzt komme ich mir sehr aufdringlich vor.«

»Was gibt es?« fragte Mason.

»Mein Name ist Mrs. Belle Adrian«, antwortete sie. »Eigentlich sind wir Nachbarn. Ich habe schon viel von Ihnen gehört, Mr. Mason, während Sie uns bestimmt nicht kennen. Wir haben unser Haus da drüben an der Bucht. Ich bin in Schwierigkeiten und habe entsetzliche Sorgen.«

Mason hob seine Augenbrauen, fuhr sich mit der linken Hand durch das dichte Haar und fragte: »Was für Schwierigkeiten?«

»Ich weiß, daß Sie sehr teuer sind, Mr. Mason, aber ich bin nicht arm«, begann sie verzweifelt. »Ich weiß auch, daß Sie zur

Erholung hergekommen sind, weil Sie schrecklich überarbeitet sind, und daß Sie Ihre Ruhe haben wollen. Wahrscheinlich denken Sie überhaupt nicht daran, irgendeinen Fall zu übernehmen und trotzdem... ich muß mit Ihnen sprechen. Das Glück meiner Tochter, die... alles hängt davon ab.«

»Was für einen Fall?« fragte Mason.

»Mord!«

Das Gesicht des Anwalts entspannte sich. »Jetzt«, sagte er gut gelaunt, »kommen wir uns schon näher. Bitte, treten Sie ein!«

»Es ist mir so schrecklich peinlich, Mr. Mason, ich...«

»Kommen Sie herein, kommen Sie herein«, sagte Mason freundlich. »Bitte, nehmen Sie doch Platz. Fühlen Sie sich wie zu Hause, bis ich mich geduscht, rasiert und angezogen habe. Dann werde ich mir Ihre Geschichte anhören und...«

»Ich fürchte«, unterbrach sie ihn, »daß wir dazu keine Zeit haben. Es geht um Minuten. Ich bin den ganzen Weg hierher gerannt.«

Mason deutete auf einen Stuhl. »Setzen Sie sich. Möchten Sie eine Zigarette?«

Sie schüttelte den Kopf.

Mason zündete sich eine an, setzte sich auf die Lehne eines der großen Stühle, zog seinen Bademantel um sich, inhalierte tief und beobachtete sie unter dem aufsteigenden Rauch. Seine Augen leuchteten. »Fahren Sie fort«, sagte er. »Sprechen Sie.«

»Ich bin Witwe, Mr. Mason. Ich lebe bei meiner Tochter Carlotta. Wir wohnen jetzt während der Saison in unserem Landhaus. Meine Tochter ist einundzwanzig. Ihr Vater starb, als sie fünfzehn war. Ich habe versucht, ihr eine gute Mutter zu sein. Ich...«

»Sie wollten mir doch von dem Mord erzählen«, unterbrach sie Mason ungeduldig, »und sagten, daß die Zeit knapp wäre.«

»Ja, ja, ich weiß«, erwiderte Belle Adrian. »Ich möchte Ihnen nur erklären, daß Carlotta ein anständiges Mädchen ist.«

Mason reagierte auf diese Information mit einem kurzen Kopfnicken.

»Sie hat in der Stadt einen Freund, einen jungen Rechtsanwalt, der gerade anfängt, bekannt zu werden. Er paßt gut zu ihr, und ich glaube, er liebt sie sehr.«

»Und der Mord?« fuhr Mason dazwischen. »Wer wurde getötet?«

»Arthur Cushing.«

»Der Sohn des Bankiers, der hier das große Sporthotel plant?« fragte Mason überrascht.

»Genau der.«

»Was geschah?«

»Meine Tochter war mit ihm beim Skilaufen. Es war nichts Ernstes dabei. Sie sah in ihm nur einen Kameraden, er dagegen, glaube ich, war an Carlotta sehr interessiert. Aber nicht so, wie der andere junge Mann.«

»Wie denn?« fragte Mason.

Sie blickte ihn an und sagte: »Nun, nennen Sie es ein biologisches Bedürfnis, wenn Sie wollen. Arthur Cushing war ein Schürzenjäger, der sein Geld, seine Position und seine Macht dazu benutzte, alles zu bekommen, was er wollte.«

»Als Mutter einer heiratsfähigen Tochter sehen Sie in jedem Mann ein Tier. Sind nicht alle Männer mehr oder weniger...«

»Nein, bitte, Mr. Mason«, unterbrach sie ihn, »verstehen Sie mich richtig. Ich bin großzügig. Ich bin auch nicht prüde. Ich weiß, daß es im Leben manchmal anders kommt, als man es sich wünscht. Aber Arthur Cushing war... ein Vieh.«

»Trotzdem ließen Sie Carlotta mit ihm gehen?« fragte Mason.

»Nicht mit ihm gehen, Mr. Mason... ach, Sie machen es mir sehr schwer.«

»Sie machen es sich selber schwer«, antwortete Mason.

»Ich fürchte«, seufzte Belle Adrian, »daß das nur eine Mutter verstehen kann, die ihre Tochter heranwachsen sah. Man muß während ihrer Entwicklung gut auf sie aufpassen. Und plötzlich sind sie erwachsen, und man traut sich einfach nicht mehr, sie zu bevormunden. Damit würde man sie nur zum Widerspruch reizen. Nein, sie müssen einige Dinge selbst lernen. Sie müssen sich dem Leben anpassen, aufhören, Kinder zu sein, und auf eigenen Füßen stehen. Es ist so leicht, das Verhältnis zwischen Mutter und Tochter zu zerstören und jeden Funken Zuneigung zu ersticken.«

»Nun gut«, sagte Mason. »Ich verstehe, worauf Sie hinauswollen, aber es geht Ihnen doch um Minuten, nicht wahr?«

»Verstehen können Sie es nie, weil Sie keine Mutter sind«, erwiderte sie.

»Um des lieben Friedens willen, wollen wir das einräumen«,

lächelte er, »Sie haben recht, und ich kann niemals eine Mutter werden. Also, was geschah?«

»Carlotta kannte Arthurs Ruf genau. Natürlich hat er es auch bei ihr versucht, aber« – sie richtete sich stolz auf – »kam nicht zum Ziel. Es war für sie ein Spiel mit dem Feuer. Sie waren beim Skifahren, als... wenn er nicht den Unfall gehabt hätte, wäre sicher alles anders gekommen.«

Mason nickte und sagte: »Ich hörte, Cushing hatte sich den Knöchel gebrochen.«

»Das stimmt. Er war in Gips. Er konnte nur im Rollstuhl sitzen oder mit Krücken gehen. Er hatte Carlotta zum Abendessen eingeladen und führte ihr Filme vor, die er bei ihren gemeinsamen Skiausflügen aufgenommen hatte.«

»Und was sagten Sie dazu?« fragte Mason.

»Glauben Sie mir, Mr. Mason«, entgegnete Mrs. Adrian, »das war eine der schwierigsten Situationen in meinem Leben. Aber ich sagte nichts. Kein einziges Wort. Ich habe mir auch nichts anmerken lassen, aber natürlich wußte ich, was passieren würde.«

»Und was passierte?«

»Er benahm sich völlig korrekt, bis die Haushälterin nach dem Abendessen fortging. Dann wurde er aufdringlich, und als er nicht weiterkam... nun, er machte seinem Ruf jedenfalls alle Ehre.«

»Was geschah?«

»Ich kenne die Einzelheiten nicht, Mr. Mason. Ich habe Carlotta nicht danach gefragt. Vielleicht wird sie es Ihnen sagen. Ich möchte nicht in sie dringen. Ich weiß nur, daß ihre Bluse zerrissen war, als sie nach Haus kam, und daß sie sehr erregt war. Sie hat ihn wahrscheinlich geohrfeigt.«

»Fahren Sie fort«, sagte Mason interessiert.

»Gott sei Dank haben Carlotta und ich ein vernünftiges, kameradschaftliches Verhältnis zueinander. Sie erzählte mir, was geschehen war, und wir beide versuchten, die Sache von der komischen Seite aus anzusehen. Carlotta war um eine Erfahrung reicher. Wir mixten uns noch einen Drink. Aber da Carlotta immer noch aufgebracht war, schlief ich bei ihr.«

Masons Augen verengten sich.

»So gegen zwei Uhr morgens hörte ich dann eine Frau schreien. Ich stand auf, um festzustellen, woher der Schrei kam.

Er muß aus Cushings Haus gekommen sein, denn dort brannte noch Licht.«

»Und Carlotta?« wollte der Anwalt wissen.

»Carlotta schlief«, antwortete sie rasch. »Sie war zwar nervös und unruhig, als wir ins Bett gingen, aber als ich den Schrei hörte, schlief sie so fest, daß ich sie nicht stören wollte. Ich legte mich wieder hin und schlief.«

»Aber offenbar nicht lange«, bemerkte Perry Mason.

»Kennen Sie Sam Burris?« fragte sie.

Mason schüttelte den Kopf.

»Ihm gehörte früher das ganze Land an der Nordwestseite des Sees«, berichtete sie, »er ist einer der Alteingesessenen hier, die seit Jahren ihr Land bebauen und...«

»Was hat Burris damit zu tun«, fuhr Mason dazwischen.

»Er wurde auch von dem Schrei wach. Nur hörte er außerdem noch den Schuß und das Klirren von Glas. Er ging hinüber, um nachzusehen. Dabei fand er Arthur Cushing tot in seinem Rollstuhl.«

»Ermordet?« fragte Mason.

Sie nickte. »Er hatte eine Revolverkugel in der Brust. Mr. Burris benachrichtigte den Sheriff und kam dann, um es mir zu erzählen.«

»Um diese Zeit?« fragte Mason erstaunt.

»Ja, als es gerade hell wurde.«

»Warum?«

»Verstehen Sie denn nicht? Er wußte, daß Carlotta am Abend bei Cushing war. Die Haushälterin wußte es auch. Der Sheriff untersucht den Fall, und jede Minute wird er Carlotta verhören. Und Sam Burris wußte, was für einer Arthur Cushing ist... war.«

»Und weshalb erzählt Ihre Tochter dem Sheriff nicht einfach, was passiert ist?« fragte Mason.

»Aber begreifen Sie doch, Mr. Mason«, antwortete Mrs. Adrian ungeduldig, »man muß es geschickt anpacken, schon wegen der Presse und all dem. Wenn Carlottas Freund davon in den Zeitungen liest...«

Mason schüttelte den Kopf. »Das kann ich auch nicht verhindern.«

»Aber ich dachte, wenn wir einen Rechtsanwalt haben, irgend jemand, der unsere Interessen vertritt, wenn...« Mason unterbrach sie, und seine Stimme klang enttäuscht: »Wie ich die Sache sehe, besteht auch nicht der geringste Grund, ihre Tochter mit dem Mord in Verbindung zu bringen.«

»Selbstverständlich nicht«, fuhr Belle Adrian auf.

»Und daher«, fuhr Mason fort, »gibt es auch nichts, was ich tun könnte. Ihre Tochter hat nichts weiter zu tun, als die Wahrheit zu sagen. Und glauben Sie mir«, fügte er hinzu und sah Mrs. Adrian bedeutungsvoll an, »jeder Versuch zu lügen, kann unheilvolle Konsequenzen nach sich ziehen.«

»Ja, ich verstehe«, sagte sie und vermied dabei, ihm in die Augen zu sehen.

Mason betrachtete sie gedankenvoll. »Sehen Sie mich an. Sagen Sie denn die Wahrheit?«

»Ja, ja, natürlich.«

Perry Mason dachte einen Augenblick nach und sagte dann zu ihr: »Offenbar rief Arthur Cushing eine andere Frau an, nachdem er bei Ihrer Tochter nichts erreicht hatte, eine, die er näher kannte, und von der er hoffte, daß sie zugänglicher ist. Sie und Ihre Tochter können aussagen, daß Carlotta zu Haus war. Die Aussage von Sam Burris wird über die Zeit des Verbrechens Klarheit schaffen. Sie können diesen Punkt bestätigen. Das ist alles.«

»Ja, wahrscheinlich haben Sie recht. Nur... ich weiß nicht, ob der Sheriff hier sehr geschickt ist. Sehen Sie, vor ein paar Jahren lebten hier nur Bauern und...«

»Fahren Sie fort«, sagte Mason, »schütten Sie Ihr Herz aus.«

»Ich dachte, daß Sie vielleicht wüßten, was man tun kann. Was mir am allerwichtigsten erscheint, ist, dieses andere Mädchen zu finden, wissen Sie, die geschrien hat und den Schuß abfeuerte.«

»Die bloße Tatsache, daß ein Mädchen schrie, muß nicht unbedingt bedeuten, daß es auch geschossen hat«, erklärte Mason.

»Nein, nein. Ich verstehe. Es beweist zwar nicht, daß sie ihn tötete. Sie sehen das als Jurist. Andererseits, wenn man sie findet, wird sie logischerweise die Verdächtige sein. Der Sheriff wird beginnen, nach dieser Theorie zu arbeiten, die Zeitungen werden sie groß herausstellen und – nun Carlottas Name würde kaum erwähnt werden«, sagte sie.

Mason nickte.

Belle Adrian fuhr fort: »Ich weiß, daß Sie sich auf diese

Dinge verstehen, und ich dachte... nun, daß Sie so eine Art Nachforschung anstellen könnten.«

»Ich fürchte«, sagte Mason lächelnd, »der Sheriff würde meine Hilfe bei der Untersuchung eines Mordfalles nicht sehr schätzen. Außerdem bin ich ja Rechtsanwalt und kein Detektiv. Und darüber hinaus stehe ich meist auf der anderen Seite als die Polizei.«

»Sie unterschätzen Ihren Ruf, Mr. Mason«, sagte sie, »jeder weiß, daß Sie Rechtsanwalt und Detektiv sind.«

»Ich engagiere eine Detektivagentur«, erklärte Mason, »Paul Drake von der Drake-Detektiv-Agentur arbeitet seit Jahren mit mir zusammen. Er ist sehr tüchtig. Wir können ihn anrufen, damit er ein paar Männer herschickt. Aber sogar, wenn er ein Flugzeug benutzt, dauert es einige Stunden, bevor er mit der Arbeit beginnen könnte. Dann müßten Sie...«

»Aber heute ist Sonntag«, unterbrach sie. »Wir sind den Zeitungsleuten einen ganzen Tag voraus. Wenn wir das andere Mädchen bis zum Abend gefunden haben, ist es noch nicht zu spät.«

»Und welche Geschichte wird Carlotta inzwischen erzählen?« fragte Mason.

»Die Wahrheit.«

»Gut.« Er zögerte einen Augenblick, dann ging er zum Telefon und sagte: »Da auf dem Tisch liegen ein paar Illustrierten, Mrs. Adrian.«

»Danke. Ich könnte jetzt nicht lesen, ich bin viel zu nervös«, antwortete sie.

Mason meldete ein Ferngespräch an und gab der Vermittlung Paul Drakes private, nicht eingetragene Nummer.

»Weiß Ihre Tochter, daß Sie hier sind?« fragte er, den Telefonhörer am Ohr.

Sie nickte.

»Das könnte ein Nachteil sein«, sagte er.

»Warum?«

»Angenommen, der Sheriff fragt Carlotta, was vorige Nacht vorgefallen ist und wo sie war, als Cushing erschossen wurde«, erklärte Mason, »sie erzählt ihm, sie habe schon geschlafen, und Sie könnten es bestätigen. Dann wird er Sie natürlich sprechen wollen und erfahren, daß Sie bei einem Rechtsanwalt sind.«

»Gewiß«, erwiderte sie. »Deshalb bin ich ja so in Eile. Ich muß zurück, um vor dem Sheriff zu Haus zu sein. Es braucht niemand zu wissen, daß ich hier war.«

»Dann gehen Sie los«, sagte Mason. »Ich glaube, ich weiß jetzt, worum es geht, ich... einen Augenblick, mein Gespräch ist da.«

Dann sprach er in das Telefon: »Hallo, Paul... nein... ich bin noch in den Bergen. Wollte mich erholen... Paul, ich habe Arbeit für dich... ja, ja, ich weiß. Della Street ist auf dem Wege hierher. Sie wird heute vormittag ankommen, aber hier handelt es sich um einen eiligen Auftrag. Paul, ich möchte, daß du ein paar Leute ins Flugzeug setzt. Komm selbst, wenn du es irgendwie einrichten kannst. Ich brauche so schnell wie möglich ein paar geschickte Männer. Ich kann am Telefon nicht mehr erklären. Paul, es ist ein Mordfall, bei dem ich deine Unterstützung brauche... nein, es ist nicht eine solche Sache, ganz und gar nicht. Der Sheriff hier wird vielleicht ein paar Schnitzer machen. Aber wir brauchen Tatsachen. Wir wollen die Behörden ein wenig unterstützen... nein, sie haben nicht darum gebeten... wahrscheinlich wollen sie es gar nicht. Wir müssen es geschickt anpacken und... schick die Leute her, dann erkläre ich es. Kannst du selbst kommen?«

Mason nickte zufrieden. Dann redete er weiter. »Ruf den Flughafen an und laß eine Maschine startklar machen. Das Wetter hier ist gut, die Sicht ausgezeichnet, kalt, klar und sogar über den Bergen keine einzige Wolke. Du kannst in einer Stunde herfliegen und müßtest es schaffen, deine Leute in dreißig bis vierzig Minuten zusammenzukriegen. Beeil dich... was? ... was ist... ach, zum Teufel mit deinem Frühstück«, sagte Mason, »mach, daß du herkommst. Jawohl, so wichtig ist es.«

Er legte den Hörer auf und sagte zu Mrs. Adrian: »Ich glaube, das ist alles, was wir im Moment tun können. Gehen Sie zurück, Mrs. Adrian, und tun Sie, als ob...«

Plötzlich drehte er den Kopf zur Seite und lauschte. Dann ging er zum Fenster und blickte durch die Jalousien.

»Ich fürchte«, sagte er leise zu ihr, »ich habe die Dringlichkeit der Sache vorhin unterschätzt. Ich hätte keine so ausführlichen Erklärungen von Ihnen verlangen sollen.«

»Was meinen Sie?«

»Der Sheriff und drei entschlossene Männer fahren draußen vor. Sie sind...«

Er brach ab, als man Schritte auf der Veranda hörte und die Polizisten an die Tür hämmerten.

Belle Adrians Gesicht verlor jede Farbe.

6

Der Mann, der in der Tür stand, war ganz offensichtlich nervös. Trotzdem zeigte sein entschlossener Ausdruck, daß er genau wußte, was er wollte.

Hinter ihm gruppierten sich die drei Männer, so als wollten sie ihm den Rücken stärken, aber es war ihnen anzusehen, daß sie gewöhnt waren, die Befehle des Sheriffs auszuführen.

»Sie sind Mr. Mason«, sagte der Mann. »Perry Mason, der berühmte Rechtsanwalt. Ich bin Bert Elmore, der Sheriff in diesem Gebiet. Ich glaube kaum, daß Sie viel über mich wissen. Aber ich weiß eine ganze Menge über Sie.«

Mason schüttelte ihm die Hand. »Ich kenne Sie vom Sehen, Sheriff, und es freut mich sehr, Sie persönlich kennenzulernen. Was kann ich für Sie tun?«

»Können wir hineinkommen?« fragte der Sheriff.

»Es tut mir leid«, meinte Mason, »aber ich bin momentan sehr beschäftigt.«

»Nun«, meinte der Sheriff, »die Sache, mit der Sie so beschäftigt sind, scheint mir die gleiche zu sein, wegen welcher wir Sie sprechen möchten.«

Mason hob fragend die Augenbrauen hoch.

»Mrs. Adrian ist bei Ihnen, nicht wahr?«

Mason nickte.

»Wir möchten ihr ein paar Fragen stellen«, sagte der Sheriff.

»Mrs. Adrian und ich«, sagte Mason, »haben gerade eine wichtige Unterredung, die ich gern zu Ende gebracht hätte, ohne unterbrochen zu werden. Natürlich«, fuhr er liebenswürdig fort, als er den entschlossenen Ausdruck in Elmores Gesicht sah, »lasse ich Sie gern herein. Ich habe auch selbstverständlich nichts dagegen, wenn Sie Mrs. Adrian einige Fragen stellen. Wir müssen nur Klarheit darüber schaffen, daß ich meine Besprechung gegebenenfalls zu Ende führen muß, bevor

Sie mit Ihrem Verhör fertig sind. Bitte, kommen Sie herein. Und diese Herren?«

»Das sind meine Mitarbeiter«, erklärte der Sheriff.

»Bitte«, lud Mason freundlich ein, »machen Sie sich's bequem.«

Die vier Männer marschierten in das Haus.

Der Sheriff, ein vierschrötiger Mann in den Mittfünfzigern, nahm seinen großen schwarzen Stetson vom Kopf und sagte: »Guten Morgen, Mrs. Adrian.«

»Guten Morgen, Sheriff«, antwortete sie.

Er zog sich einen Stuhl heran und setzte sich. Die drei Polizisten postierten sich an der Wand.

»Möchten die Herren nicht Platz nehmen?« fragte Mason.

»Es geht schon«, antwortete einer der Männer, »wir stehen genauso gern.«

Der Sheriff kümmerte sich nicht um sie, sondern behielt Mrs. Adrian im Auge.

»Ich muß Ihnen ein paar Fragen stellen, Mrs. Adrian«, begann der Sheriff. »Ich tue es nicht gern, und ich nehme an, Sie wissen das.«

Sie nickte mit zusammengekniffenen Lippen.

»Wir waren bei Ihnen«, sagte der Sheriff, »und sprachen mit Miss Carlotta, Ihrer Tochter. Sie sagte, Sam Burris wäre da gewesen und habe Ihnen erzählt, was vergangene Nacht geschehen ist.«

Wieder nickte sie.

»Das hätte er nicht tun sollen«, sagte der Sheriff.

»Warum denn nicht?« fragte Mrs. Adrian.

»Wir wollten... nun, wir wollten zuerst mit Ihnen sprechen.«

»Warum, um Himmels willen, hätte Sam Burris mir nicht erzählen sollen, was passiert ist? Schließlich ist er doch mein Nachbar.«

»Na, es läßt sich jetzt nicht mehr ändern. Wir wollen nicht darüber streiten«, sagte der Sheriff. »Ich möchte Sie wegen Miss Carlotta fragen.«

»Bitte.«

»Sie erzählte uns, daß Sie hier sind«, sagte Elmore, »aber ich hatte den Eindruck, als wolle sie es zuerst nicht sagen. Gibt es einen Grund, weshalb wir das nicht wissen sollten?«

»Natürlich nicht.«

»Sie benahm sich irgendwie komisch«, meinte der Sheriff.

Mrs. Adrian lächelte schwach. »Zweifellos ist ihr die ganze Angelegenheit sehr peinlich. Sie war gestern abend mit Arthur Cushing beim Abendessen zusammen, wie Sie wissen.«

»Ja, das weiß ich«, antwortete Sheriff Elmore. »Wir haben uns erkundigt. Sie aß dort. Die Haushälterin spülte das Geschirr noch ab und ging dann kurz nach zehn Uhr heim. Arthur Cushing und Ihre Tochter sahen sich im Wohnzimmer Filme an, als das Mädchen gegangen war.«

Mrs. Adrian nickte.

»Um welche Zeit kam Ihre Tochter nach Hause?«

»Ich... ich weiß es nicht genau. So gegen elf Uhr.«

Der Sheriff nickte bedächtig. Seine grauen Augen beobachteten sie nachdenklich.

»Um welche Zeit«, fragte Perry Mason, »geschah der Mord?«

Der Sheriff ignorierte diese Frage und hielt seine Augen auf Belle Adrian gerichtet. Dann fragte er: »Ging Ihre Tochter noch einmal fort, nachdem sie von dem defekten Auto zu Fuß nach Haus gegangen war?«

»Nein, natürlich nicht«, antwortete Mrs. Adrian.

»Und Sie?«

»Ich kam hierher.«

»Ist das das einzige Mal, daß Sie Ihr Haus verlassen haben?«

»Ja, sicher.«

»Sie gingen also nicht in das Landhaus Cushings?«

»Nein.«

»Auch Ihre Tochter nicht?«

»Gewiß. Carlotta war zum Abendessen drüben und...«

»Ich spreche von einer Rückkehr in das Haus Cushings, nachdem sie schon einmal zu Haus war«, sagte der Sheriff.

»Nein, zurückgegangen ist sie nicht.«

»Wissen Sie das sicher?«

»Selbstverständlich. Ich schlief ja bei ihr, und ich habe einen sehr leichten Schlaf. Weshalb hätte sie auch noch einmal zurückgehen sollen?«

»Das weiß ich nicht, darum frage ich Sie.«

»Und ich habe Ihnen geantwortet«, sagte Mrs. Adrian trotzig.

»Als Ihre Tochter dort war, hatte sie eine ziemlich ernsthafte Auseinandersetzung mit Arthur Cushing, nicht wahr?«

»Es kommt darauf an, was Sie meinen«, sagte Mrs. Adrian. »Meine Tochter ist ein anständiges Mädchen, und Arthur Cushing war nicht gerade zurückhaltend in gewissen Dingen.«

»Worauf ich hinaus will«, sagte der Sheriff, »ist, ob sie einen Spiegel nach ihm warf.«

»Einen Spiegel?« rief Mrs. Adrian aus.

»Genau.«

»Aber nein. Sie hat ihm eine Ohrfeige gegeben und ging fort.«

»Kann es sein, daß er den Spiegel nach ihr warf?« erkundigte sich Sheriff Elmore.

»Ganz bestimmt nicht. Er war ärgerlich, das ist alles.«

»Als wir hinübergingen und uns umsahen«, sagte der Sheriff, »fanden wir einen zerbrochenen Spiegel, mit dem offensichtlich jemand geworfen hatte. Der Spiegel muß eine Wand neben dem Fenster getroffen haben und zerbrochen sein. Auch die Fensterscheibe war zerbrochen; die Scherben lagen im Hof und im Zimmer auf dem Fußboden.«

Mrs. Adrian schwieg.

»Sie wissen nichts darüber?«

»Nein.«

»Auch von Carlotta nicht?«

»Nein. Carlotta wirft nicht mit Dingen herum. Meine Tochter bleibt in jeder Situation eine Dame. Ich sagte Ihnen doch, sie gab ihm eine Ohrfeige und ging nach Haus.«

»Dann hatte sie die Reifenpanne, nicht wahr?«

»Das stimmt«, erwiderte Mrs. Adrian. »Nun kann ich Ihnen auch genausogut den Rest erzählen.«

»Einen Augenblick«, unterbrach sie Mason liebenswürdig. »Ich glaube, der Sheriff will etwas über die Reifenpanne wissen.«

»Im Moment nicht«, sagte der Sheriff. »Zuerst möchte ich die ganze Geschichte von Mrs. Adrian hören.«

»Ich glaube, das ist unfair«, sagte Mason. »Warum sagen Sie Mrs. Adrian nicht genau, worauf Sie hinauswollen?«

Der Sheriff wandte sich langsam zu Perry Mason. »Ich will nichts als Tatsachen«, sagte er.

»Richtig«, gab Mason zu, »aber es sieht so aus, als gäbe es einige Tatsachen, die Sie zwar kennen, aber Mrs. Adrian nicht.«

»Das ist auch richtig so«, antwortete der Sheriff, »uns sind gewisse Dinge über den Mord bekannt, die Mrs. Adrian nicht wissen kann.«

Die überhebliche Art, in der er sprach, bewog Mason, Mrs. Adrian einen warnenden Blick zuzuwerfen.

»Ich habe nichts zu verbergen«, rief sie, halb zum Rechtsanwalt, halb zum Sheriff gewandt. »Wegen der Dinge, die mir meine Tochter erzählte, war ich irgendwie durcheinander. Ich fürchtete mich vor Komplikationen.«

»In welcher Weise?« fragte der Sheriff.

»Wir standen gut mit den Cushings. Sie sind eine prominente Familie. Ich habe Mr. Cushing senior als Gentleman kennengelernt. Sein Sohn natürlich hat nicht gerade den besten Ruf. Ich hätte mir nichts dabei gedacht, wenn er... nun, wenn er sich um Carlotta bemüht hätte, aber als er versuchte, sie zu zwingen...«

Der Sheriff fuhr dazwischen: »Er hat versucht, sie zu zwingen?«

»Ihre Bluse war zerrissen.«

»Fahren Sie fort«, forderte Elmore Mrs. Adrian auf.

»Ich wußte nicht, wie ich mich verhalten sollte, wenn ich ihn das nächste Mal sehe, ob ich mit ihm sprechen oder ihn einfach nicht beachten sollte. Ich konnte nicht mehr einschlafen. Schließlich beschloß ich, einfach kühl und unnahbar zu sein, wenn ich ihn wiedersehe.«

»Und wann war das?« fragte der Sheriff.

Sie hob erstaunt die Augen. »Aber ich habe ihn nicht mehr gesehen«, antwortete sie. »Sam Burris kam und erzählte...«

»Sind Sie sicher, daß Sie es erst von ihm erfahren haben?« unterbrach sie der Sheriff.

»Natürlich bin ich sicher«, antwortete sie schnell. »Bitte, unterbrechen Sie mich nicht, Sheriff. Ich möchte Ihnen etwas anderes erklären.«

»Bitte sehr.«

Wieder schaltete sich Mason ein: »Ich glaube, es wäre besser für Sie zu...«

»Nein, bitte, Mr. Mason«, sagte sie, »ich weiß genau, was ich tue, und ich kann mir denken, was Sheriff Elmore im Sinn hat. Ich möchte ihn auf etwas aufmerksam machen. Gegen zwei Uhr fünfzehn morgens hörte ich etwas sehr Wichtiges.«

»Was hörten Sie?«

»Eine Frau schrie, und der Schrei muß aus Cushings Landhaus gekommen sein.«

»Und was taten Sie?«

»Ich stand ganz leise auf, um Carlotta nicht zu wecken, und ging auf Zehenspitzen zum Fenster. Bei Cushing brannte noch Licht, aber zu sehen war niemand. Und nach dem Schrei war es auch wieder ganz still. Es war eiskalt, und so ging ich wieder ins Bett.«

»Zu Ihrer Tochter, nicht wahr?«

»Ja, sie schlief fest.«

Der Sheriff rieb sich das Kinn und meinte: »Nun, das scheint alles zusammenzupassen und ein Bild zu ergeben. Leider stimmt es aber mit den Tatsachen nicht überein.«

»Dann stimmen eben Ihre Ermittlungen nicht«, sagte Mrs. Adrian ruhig.

»Mir gefällt die Sache nicht, Mrs. Adrian«, sagte der Sheriff zu ihr. »Warum sind Sie gleich zum Anwalt gelaufen?«

»Das kann ich Ihnen genau sagen«, antwortete sie ärgerlich. »Ich werde meine Karten offen auf den Tisch legen. Ich wußte, daß meine Tochter bei Cushing zum Abendessen war. Da ich den Schrei hörte, war mir klar, daß später noch ein anderes Mädchen dort gewesen sein muß. Ich wollte dieses andere Mädchen finden, damit meine Tochter nicht in die Sache hineingezogen wird.«

»Das ist verständlich«, meinte Elmore.

»Und das ist der Grund«, fuhr Mrs. Adrian fort, »weshalb ich Mr. Mason aufsuchte und ihn bat, Detektive zu engagieren. Sie sollen Ihnen helfen.«

»Das ist wirklich sehr nett von Ihnen, Mrs. Adrian. Ich muß zugeben, daß ich in diesem Fall Hilfe brauchen kann, viel Hilfe sogar«, sagte der Sheriff.

Sie konnte einen gewissen Triumph in ihrer Stimme nicht verbergen, als sie sagte: »Und das ist die Wahrheit. Mr. Mason kann es bestätigen.«

»Zu Ihrer Information, Sheriff«, sagte Mason, »ich habe gerade Paul Drake von der Drake-Detektiv-Agentur angerufen. Er kommt selbst mit dem Flugzeug und wird sich zu Ihrer Verfügung halten.«

»Na, ist das nicht fein«, sagte Elmore ironisch. »Nur glaube ich nicht, daß ich gerade Mr. Drakes Hilfe unbedingt benötigen werde.«

»Nein?« fragte Mason erstaunt.

»Nein«, antwortete der Sheriff, »ich habe nämlich den Steuerzahlern gegenüber eine Verpflichtung. Und ich trage die Verantwortung für mein Büro.«

»Aber Sie haben doch eben gesagt«, mischte sich Belle Adrian ein, »daß...«

»Augenblick mal«, unterbrach der Sheriff, »mißverstehen Sie mich nicht. Natürlich kann ich Hilfe brauchen. Aber die notwendigen Anweisungen müssen von mir kommen. Ich bin froh, wenn sich Mr. Drake in die Untersuchung des Falles mit einschaltet. Noch mehr würde ich mich freuen, wenn er etwas finden sollte und damit zu mir kommt. Aber ich kann diesen Detektiv aus der Stadt nicht als meinen Mitarbeiter betrachten und ihn ins Vertrauen ziehen.«

»Das ist doch klar«, sagte Mason, »das erwarten wir auch nicht, Sheriff. Ich werde Mr. Drake bitten, zu versuchen, Beweismaterial zu sammeln. Und sobald er die Identität dieser Frau festgestellt hat, wird er sich mit Ihnen in Verbindung setzen.«

Sheriff Elmore überlegte einen Moment. Dann sah er unter seinen buschigen Augenbrauen hervor auf Perry Mason und fragte: »Und es gleichzeitig den Zeitungen mitteilen, nehme ich an?«

»Sicher«, sagte Mason heiter.

»Gut. Ich glaube, das geht in Ordnung«, meinte Elmore. »Aber ich möchte zuerst informiert werden.«

Mason schwieg.

Sheriff Elmore wandte sich wieder an Mrs. Adrian und sagte: »Wissen Sie, Mrs. Adrian, Sie und Carlotta sind wirklich nette Leute. Genau die Art, die wir gern bei uns haben.«

»Danke«, erwiderte sie eisig.

»Und aus diesem Grunde«, fuhr der Sheriff fort, »möchte ich auch nicht, daß Sie sich unnötige Schwierigkeiten bringen.«

»Wie meinen Sie das?«

»Es ist nämlich so, Mrs. Adrian«, begann der Sheriff. »Ich weiß nicht, ob Sie viel Erfahrungen mit Spuren und solchen Dingen haben. Also, wenn es friert zum Beispiel, geschehen ganz bestimmte Dinge. Gestern nacht begann es erst nach

Mitternacht zu frieren. Aber dann bildete sich sehr rasch eine dicke weiße Decke aus Rauhreif. Die Luft war sehr feucht. Und Reif ist doch nur gefrorener Tau. Vielleicht weiß Mr. Mason mehr darüber als ich. Jedenfalls war alles vom Reif überzogen.«

»Ja und?« fragte sie.

»Und«, fuhr Elmore fort, »als es hell wurde, sah man deutlich die Spuren einer Frau, Fußspuren, die aus Ihrem Haus hinüber zu Cushing und wieder zurück führten.«

Mrs. Adrian sah ihn bestürzt an.

»Ich will ganz offen zu Ihnen sein, Mrs. Adrian«, sagte der Sheriff. »Wir fanden Ihren Wagen mit dem geplatzten Vorderreifen ungefähr zweihundert Meter von Ihrem Haus entfernt, genau, wie Miss Carlotta sagte.«

Belle Adrian schwieg.

Elmore fuhr fort: »Wir montierten das Rad ab, um nachzusehen, warum er geplatzt war, und fanden ein Stück Glas im Reifen.«

»Na und«, entgegnete Mrs. Adrian störrisch. »Ein Stück Glas ist ein Stück Glas. Ich möchte behaupten, daß täglich Hunderte von Reifen durch Glasscherben platzen.«

»Einen Moment«, sagte der Sheriff, faßte in die Tasche und zog eine dicke Glasscherbe heraus. »Die Glasscherbe ist mehr als einen halben Zentimeter dick und ist auf der Rückseite silbern. Mit anderen Worten, es ist ein Stück des antiken Spiegels, den jemand im Cushing-Landhaus an der Fensterwand zerschmetterte. Der Reifen könnte also nicht von dieser Glasscherbe beschädigt worden sein, wenn der Wagen nicht wegfuhr, erst nachdem dieser Spiegel zerbrach. Trotzdem behaupten Sie, Ihre Tochter wäre vor Mitternacht zu Hause gewesen, obwohl es zu dieser Zeit noch nicht gefroren hatte. Wir fanden die Fußspur einer Frau von dem Wagen Ihrer Tochter zurück in Cushings Landhaus, von dort wieder zum Auto und dann in Ihr Haus. Wenn mich nicht alles täuscht, sieht das so aus, als wenn diese Spur Ihrer Tochter gehört. Ich bin offen zu Ihnen, Mrs. Adrian. Dies sind die Tatsachen. Ich möchte die Antworten darauf. Ich mache keinerlei Anschuldigungen – noch nicht. Ich erzähle Ihnen nur, wie die Dinge liegen. Es ist Ihre Sache, zu entscheiden, was Sie tun wollen.«

»Ich glaube«, mischte sich Perry Mason ein, »daß Mrs. Adrian nervös und aufgeregt ist. Ich halte es für besser, diese Unterhaltung zu verschieben. Ich glaube, sie hat Ihnen alles gesagt, Sheriff.«

»Was meinen Sie damit? Wollen Sie ihr raten, keine weiteren Fragen zu beantworten?« fragte der Sheriff.

Mason blickte ihn unschuldig an. »Nein«, sagte er.

»Es hörte sich aber so an«, meinte Elmore.

Mason lächelte und sagte: »Ich rate ihr nicht, keine weiteren Fragen zu beantworten. Ich bitte Sie, keine mehr zu stellen.«

Elmore rieb sich das Kinn und grinste. »Ich glaube, Sie haben sich Ihren Ruf auch nicht...«

Er unterbrach sich, als er auf der Veranda eilige Schritte hörte. Kurz darauf wurde an die Tür geklopft. Bevor Mason Zeit fand, halb bis zur Tür zu kommen, wurde sie von außen aufgestoßen.

Ein aufgeregter Polizist hielt einen Revolver, durch dessen Lauf ein Bleistift geschoben war.

»Ich habe ihn gefunden, Sheriff«, rief er triumphierend aus, »und mich genau an Ihre Anweisungen gehalten, keine Fingerabdrücke zu zerstören. Ich habe den Bleistift in den Lauf geschoben. Es ist der Revolver, Kaliber .38. Er lag ungefähr neun Meter von dem Auto entfernt im Gebüsch. Sie hat ihn so weit sie konnte geworfen, als sie aus dem Auto kam.«

»Moment mal«, unterbrach ihn der Sheriff ungehalten. »Bringen Sie den Revolver raus. Ich komme gleich nach. Halten Sie ihn so...«

»Sie können ihn genausogut gleich hinausbegleiten«, sagte Mason. »Mrs. Adrian ist aufgeregt und kann sich nicht mehr äußern.«

»Ich glaube, sie sollte uns lieber doch noch etwas mitteilen«, sagte der Sheriff.

»Ich nicht«, fuhr ihn Mason an.

»Zuerst kommt das Gesetz, Mr. Mason. Sie sind Anwalt und sollten das wissen«, entgegnete der Sheriff.

»Natürlich weiß ich das«, sagte Mason. »Wenn Sie sie verhaften wollen, tun Sie das nur. Ich werde in diesem Fall gleich mitkommen und darauf bestehen, daß man sie vor den nächsten Friedensrichter stellt und daß eine Bürgschaft geleistet wird.«

»Bei Mord leistet man nicht so einfach eine Bürgschaft«, belehrte ihn Elmore.

»Klagen Sie sie des Mordes an?« fragte Mason.

»Noch nicht. Nicht, wenn Sie mich nicht dazu herausfordern.«

Mason blickte ihn an: »Also gut, ich fordere Sie heraus.«

Der Sheriff überlegte.

Wie verabredet, schritten die drei Polizisten auf Mason zu.

Sheriff Elmore befahl ihnen, zurückzutreten. »Ist schon gut, Jungs«, sagte er. »Dieses neue Beweisstück bestätigt, daß die Frau, die den Wagen fuhr, den Schuß abfeuerte. Ich denke, wir gehen und sprechen noch einmal mit Miss Carlotta.«

Mrs. Adrian sprang auf und wollte zur Tür.

»Einen Augenblick«, rief Mason. »Kommen Sie zurück, Mrs. Adrian.«

»Sie bleiben hier«, ordnete der Sheriff an.

»Sie können mich nicht zwingen«, rief sie, »ich habe das Recht, zu gehen, wohin ich will.«

»Ich habe Ihnen schon einmal erklärt«, beschwichtigte sie der Sheriff, »ich möchte nicht, daß Sie sich in unnötige Schwierigkeiten bringen. Wenn Sie hinüberlaufen wollen, um Ihre Tochter zu warnen, wäre es das Dümmste, was Sie tun können. Das würde so aussehen, als glaubten Sie, daß Carlotta schuldig ist und... Lieber Himmel, Mrs. Adrian, können Sie es mir denn nicht leichter machen? Ich meine es doch nur gut mit Ihnen. Wenn Sie eine Möglichkeit sehen, die Sache aufzuklären, tun Sie es bitte, und zwar jetzt.«

Mason wandte sich liebenswürdig an den Sheriff. »Ich glaube, Sie haben recht«, renkte er ein, »Sie waren in der ganzen Sache wirklich fair, und ich bin überzeugt, daß Mrs. Adrian Ihnen alles zur rechten Zeit erklären wird.«

»Dann soll sie es gleich tun.«

Mason schüttelte den Kopf. »Nicht, wenn sie so aufgeregt ist.«

»So aufgeregt fand ich sie gar nicht«, meinte Elmore skeptisch. »Na, ich werde jedenfalls mit Carlotta sprechen, und zwar sofort.«

Er gab den Polizisten ein Zeichen und verließ mit ihnen zusammen das Haus.

Belle Adrian ballte die Hand zu einer Faust und drückte sie gegen die blutleeren Lippen.

Mason wartete, bis sich die Tür geschlossen hatte, dann ging er ruhig zum Telefon hinüber und fragte Mrs. Adrian: »Wie ist Ihre Nummer?«

»Zwei – vier – acht. Mein Gott, Carlotta hat ihn getötet«, stieß sie hervor.

Mason gab der Vermittlung die Telefonnummer durch, und kurze Zeit später fragte er: »Ist Carlotta am Apparat?... Hier ist Rechtsanwalt Perry Mason. Der Sheriff ist mit einem Revolver auf dem Weg zu Ihnen. Die Waffe wurde neun Meter von Ihrem Auto gefunden... nein... das ist richtig. Hören Sie zu, wir haben keine Zeit, darüber zu streiten. Sagen Sie dem Sheriff einfach, daß Sie sich weigern, irgendeine Aussage zu machen, bis Sie nicht mit Ihrem Anwalt gesprochen haben, daß irgend jemand versucht, Ihnen einen Mord in die Schuhe zu schieben, mit dem Sie nichts zu tun haben, und daß Sie schweigen werden, bis Sie wissen, wer das ist. Egal, was sie Ihnen vorhalten oder welche Drohungen sie aussprechen, sagen Sie kein Wort mehr... ich habe keine Zeit, darüber zu streiten, Carlotta.«

Und damit legte er den Hörer auf.

»Und jetzt«, sagte er und wandte sich an Mrs. Adrian, »möchte ich wissen, warum und wann Sie in Cushings Haus gingen!«

Sie hielt seinem Blick stand und antwortete mit ruhiger Stimme: »Ich ging nicht hinüber. Ich weiß auch nicht, wer dort war. Carlotta jedenfalls nicht. Es mögen Fußspuren im Reif sein. Inzwischen hat es wieder gefroren, und es wird ihnen nicht gelingen, diese Fußspuren zu identifizieren, auch nicht in tausend Jahren.«

»Und es sind wirklich nicht Ihre?« fragte Mason.

»Nein. Weder meine noch Carlottas. Mr. Mason, lassen Sie uns über einen Punkt von vornherein Klarheit schaffen: Sollte der Sheriff entscheidende Beweise finden, die auf Carlottas Schuld deuten, dann werde ich – wie nennen Sie das? – den Buckel hinhalten.«

»Dann wird man Sie wegen Mordes verurteilen«, erwiderte Mason mit brutaler Offenheit, »während Ihre Tochter mit einem Freispruch rechnen kann, wenn wir beweisen können, daß sie ihre Ehre verteidigt hat.«

»Und fürs ganze Leben gebrandmarkt wäre«, fügte Mrs. Adrian hinzu.

»Sicher«, gab Mason zu. »Aber, wie würde ihr zumute sein, wenn die Leute auf der Straße mit Fingern auf sie zeigen und sagen, das ist die Frau, deren Mutter wegen Mordes hingerichtet wurde?«

»Hören Sie auf!« schrie Belle Adrian.

»Ich wollte Ihnen nur klarmachen, daß es nicht leicht sein wird, aus dieser verfahrenen Situation einen Weg heraus zu finden. Glauben Sie es mir, Mrs. Adrian.«

7

Paul Drake sah müde, hungrig und ein bißchen verstimmt aus, als er aus dem Taxi kletterte, den Fahrer bezahlte und die Treppe zu Masons Veranda hinaufstieg.

Der Rechtsanwalt öffnete die Tür. »Hallo, Paul, das ging aber wirklich schnell«, begrüßte er ihn fröhlich.

»Ich habe mich noch nicht einmal rasiert«, sagte Drake, »und ich bin am Verhungern. Was gibt es denn zu essen und wo liegt der Rasierapparat?«

»Wo sind deine Leute?«

»In der Stadt in einem Restaurant und frühstücken. Ich habe ihnen gesagt, daß sie von mir hören werden. Ich bin gleich hergerast, um zu sehen, was du wolltest.«

»Das ist gut. Dort im Bad ist ein Rasierapparat«, sagte Mason.

»Wo brennt's?« erkundigte sich Drake.

»Rasier dich zuerst, dann werden wir darüber reden. Was möchtest du zum Frühstück?«

»Von allem viel.«

»Eier?«

»Drei.«

»Speck?«

»Ein halbes Dutzend Scheiben.«

»Toast?«

»Vier oder fünf Stück!«

»Kaffee?«

»Eine halbe Kanne.«

»Fruchtsaft?«

»Natürlich!«

»Also ich mach' das Frühstück«, lachte Mason, »und du rasierst dich.«

»Ist Della schon da?« fragte Drake.

»Noch nicht.«

»Sie muß jeden Augenblick kommen. Sie wollte gestern abend losfahren und irgendwo unterwegs ein bißchen schlafen, um zeitig hier anzukommen.«

»Braves Mädel. Ich brauche sie gleich.«

»Eigentlich solltest du dich erholen, sagte sie, aber sie könnte wetten, daß du schon wieder am liebsten ins Büro gehen würdest«, lachte Drake.

Er begann sich zu rasieren, während Mason eine Kanne Kaffee aufstellte, Eier in die Pfanne schlug, Brot in den elektrischen Toaster schob und eine Büchse Fruchtsaft öffnete.

Der geröstete Speck breitete einen angenehmen Duft aus.

»Wie lange dauert es, bis deine Leute an die Arbeit gehen können?« fragte Mason.

Drake, der gerade seine Morgentoilette beendet hatte, sah auf die Uhr und sagte: »Gib ihnen noch zehn Minuten, die Jungs müssen doch essen.«

»Ich habe eine Aufgabe, die ich erledigt haben will, und zwar rasch«, sagte Mason.

»Gut. Was sollen wir tun?« wollte Paul Drake wissen.

Mason ließ das zerlaufene Fett über die Eier tropfen und sagte: »Ruf sie an, Paul. Sie sollen sich mit Bleistift und Papier bewaffnen und von jedem Auto, das sie sehen, die Zulassungsnummer aufschreiben. Teile die Stadt in Straßen und Häuserblocks auf, so daß jeder Platz besetzt ist. Sowie wir mit dem Frühstück fertig sind, werden wir ihnen helfen.«

»Was soll das?«

»Ich tappe selber noch im dunkeln«, antwortete der Rechtsanwalt. »Aber ich brauche Informationen, und ich will Zulassungsnummern, je mehr, desto besser.«

»Zulassungsnummern?« fragte Drake verständnislos. Dann fügte er hinzu: »Menschenskind, Perry, du kriegst Tausende. Heute ist Sonntag. Allein die Skifahrer. Der Ort wird nur so von Leuten wimmeln. Du wirst so viele Nummern haben, daß du nicht mehr nachkommst, die Besitzer an Hand dieser Nummern festzustellen.«

»Das macht nichts.«

»Was nutzen sie dir dann?«

»Ich will sie eben!«

»Also gut. Jetzt erzähl mir von dem Fall. Worum handelt es sich?«

Vorsichtig hob Mason die Eier aus der Pfanne, legte sie auf einen vorgewärmten Teller, nahm den Speck aus dem Röster und strich Butter auf den Toast.

»Das ist etwas Gutes«, grinste Drake. »Du hast ja keine Ahnung, wie es mir schmecken wird. Du hast wohl schon gefrühstückt und bist kurz vor dem Mittagessen, wie ich dich kenne?«

»Ja, vor ungefähr einer halben Stunde habe ich gegessen«, antwortete Mason. »Ich stecke mitten in einem Mordfall, und es ist der verzwickteste Mordfall, den ich je hatte.«

»Wieso? Schieß los!«

»Da sind Mutter und Tochter«, begann Mason. »Offen gesagt, ich glaube, die Mutter meint, ihre Tochter hätte den Mann umgebracht.«

»Hat sie es getan?«

»Ich weiß nicht. Wenn sie es war, ist sie eine verdammt gute Schauspielerin«, meinte Mason.

»Tut sie unschuldig?«

»Nein. Sie glaubt offenbar, daß es ihre Mutter war. Das ist jedenfalls die Platte, die sie auflegt.«

»Und wie sieht's mit den Beweisen aus?«

»Die Beweise sind tödlich«, antwortete Mason. »In diesem Augenblick zitiert der Sheriff einen Ballistik-Experten herbei, um den Revolver, den sie gefunden haben, testen zu lassen. Fünf geladene Kammern, eine leere Patrone. Neunhundertneunundneunzig zu tausend, daß es die Mordwaffe ist, Paul.«

»Wo wurde sie gefunden?«

»In unmittelbarer Nähe des Autos, das die Tochter fuhr, nachdem sie den Tatort verließ.«

»Kann man beweisen, daß sie dort war?«

»Jawohl.«

»Sieht aus wie ein abgeschlossener Fall.«

»Sie können beweisen, daß sie dort war«, sagte Mason, »aber nicht, wann.«

Drake nahm am Küchentisch Platz und ließ es sich schmecken. Mit vollem Mund fragte er weiter: »Und das sind die Beweise, die die Tochter belasten?«

»Ein Teil davon.«

»Lieber Himmel! Sag bloß nicht, es gibt noch mehr.«

Mason nickte.

»Und was ist mit der Mutter? Was hat sie damit zu tun?«

»Es existieren Spuren, die darauf deuten, daß entweder sie oder ihre Tochter das Haus verlassen haben und zum Tatort gingen. Vielleicht sogar zu der Zeit, als das Verbrechen geschah.«

»Was sagt die Tochter?«

»Die Mutter gibt der Tochter ein Alibi. Die Tochter schlief zur fraglichen Zeit und kann ihrer Mutter daher keines geben. Das ist die Geschichte, die sie beide erzählen.«

Drake überlegte einen Augenblick, dann sagte er: »Glaubst du nicht, daß sie, wenn es eine Lüge wäre, ihre Geschichte so frisiert hätten, daß jede der anderen ein Alibi geben kann?«

»Wahrscheinlich, wenn sie gewußt hätten, wie wichtig es für die Mordzeit werden kann. Nachdem die Mutter in ihrer Aussage einmal festgestellt hatte, daß ihre Tochter zu Haus war, glaubte sie wohl, alles getan zu haben, um den Verdacht von ihrer Tochter abzulenken.«

»Und die Tochter ging auch nicht mehr weg?«

»Das behauptet sie jedenfalls, und ihre Mutter ebenfalls.«

»Würde das vor den Geschworenen nicht genügen? Oder sehen die beiden so schlecht aus?«

»Nein.«

»Na also. Weshalb machst du dir dann Sorgen?«

»Jemand verließ das Haus ungefähr um die Zeit, als es draußen zu frieren begann, ging hinüber zum Tatort, und entweder diese Person oder eine andere kam zurück. Darüber hinaus deutet ein geplatzter Reifen darauf hin, daß der Wagen der Tochter nach dem Mord vom Tatort weggefahren ist. Irgend jemand muß zuerst zu diesem Landhaus, dann zurück zu dem Auto und schließlich ins Haus der Adrians gegangen sein.«

Drake füllte seine Tasse nach, nahm Milch und Zucker und sagte: »Mir scheint, sie haben zu viele Personen, die verdächtig sind, Perry.«

Er lehnte sich behaglich zurück. »War das eine anstrengende Reise hierher. Ich fühle mich wie neugeboren. So, und nun rufe ich meine Leute an.«

Der Detektiv nahm seine Tasse mit zum Telefon, rief das Restaurant an und instruierte seine Mitarbeiter.

»Eines verstehe ich nicht, Perry«, meinte er, »was können dir die Autonummern schon helfen?«

»Ich weiß nicht«, antwortete Mason, »ich...«

»Oh«, unterbrach ihn Drake, »hier ist Della Street.«

Perry Masons großer Wagen hielt vor der Tür. Della Street stieg aus, nahm zwei pralle Aktentaschen und lief leichtfüßig die Stufen herauf. Mason öffnete die Tür.

»Hallo, Chef«, strahlte sie, »ich wette, Sie sind froh, mich zu sehen... ich meine, die Aktentaschen.«

Mason lächelte. »Normalerweise schon. Aber es sieht so aus, als hätten wir keine Zeit, uns mit ihrem Inhalt zu befassen. Kommen Sie herein.«

Della warf die Aktentaschen auf einen Stuhl.

»Ich rieche Kaffee«, sagte sie, »und... lieber Himmel, Paul Drake? Was machen Sie denn hier?«

»Dreimal dürfen Sie raten.«

»Wie sind Sie denn bloß hergekommen? Wir haben doch gestern abend noch telefoniert und...«

»Mit dem Flugzeug«, antwortete Drake. »Ich bin ohne Frühstück losgeflogen und habe mich auch eben erst rasiert. Und nun raten Sie mal weiter.«

»Ein neuer Fall?« fragte Della Street.

Drake nickte.

»Was für einer?« erkundigte sie sich.

»Mord«, antwortete Mason.

»Wer wurde ermordet?«

»Ein Schürzenjäger.«

»Wie ist es passiert?«

»Das ist es, was dem Sheriff Kopfschmerzen macht und mir auch«, meinte der Anwalt.

»Was sagt Ihr Klient?«

»Ich werde wahrscheinlich zwei Klientinnen haben. Eine Mutter, die ihre Tochter deckt, und eine Tochter, die für ihre Mutter einsteht – das hoffe ich jedenfalls.«

»Wo sind sie im Moment?«

»Die Tochter wird gerade von der Polizei verhört – die Mutter ist vor kurzem gegangen, um ihr moralisch beizustehen, die Aussage zu verweigern.«

»So ernst?«

»Kann sein.«

»Wieso?«

»Sie haben zuviel geredet, bevor sie die Tatsachen kannten«, sagte Mason.

»Dann sieh dich lieber vor«, meinte Drake, »sonst verteidigst du am Schluß eine Schuldige.«

»Das muß ein Rechtsanwalt riskieren«, erwiderte Mason. »Ich glaube nicht, daß sie beide schuldig sind. Sie versuchen, sich gegenseitig zu decken. Der Sheriff hat auf jeden Fall zwei ausreichend Verdächtige. Er muß sich nur noch klar darüber werden, welche von beiden die Täterin ist. Er hat für jede von beiden genügend Beweismaterial, um einen hübschen Indizien-Fall daraus zu drehen.«

»Könnten sie es miteinander gemacht haben?« fragte Drake.

»Sie könnten«, entgegnete Mason, »aber das glaube ich nicht.«

»Was glaubst du denn?«

»Wir haben es mit Indizien zu tun, Paul. Das sind die besten Beweise, die es gibt. Aber es sind Beweise, die am leichtesten falsch interpretiert werden. Im Augenblick haben wir es mit der Auslegung des Sheriffs zu tun.«

»Also, was machen wir?« fragte Della Street.

Mason antwortete: »Paul trinkt seinen Kaffee aus. Sie trinken eine Tasse, wenn Sie mögen. Dann nehmen wir Papier und Bleistift und fangen an, die Zulassungsnummern jedes Wagens aufzuschreiben, den wir im Tal sehen.«

»Sie sollten sich einmal den Verkehrsstrom ansehen, der heraufkommt«, sagte sie. »Leute mit Skiern auf den Autos, Leute mit...«

»Ich weiß«, unterbrach sie Mason, »aber ich will die Zulassungsnummern. Alle.«

8

Harvey Delano, der junge Rechtsanwalt, mit dem Carlotta Adrian in der letzten Zeit eine sehr enge Freundschaft verband, parkte seinen Wagen vor der Tür des Hauses und öffnete schwungvoll die Tür.

Delano war schlank, fast knabenhaft. Er machte sich nicht viel aus dem Skilaufen, aber er ritt gern. Zwar reichte sein Mut gerade für lammfromme Pferde, aber er schwärmte für protzige Cowboy-Ausrüstungen, die er dann an Wochenenden trug.

Auch heute hatte er wieder Cowboystiefel, einen breitrandigen Stetson, hautenge Hose und einen Gürtel mit handgemachter Silberschnalle an.

Carlotta schien auf ihn gewartet zu haben.

»Oh, Harvey«, rief sie aus, »ich bin so froh, dich zu sehen. Ich hatte gehofft, daß du kommst!«

»Guten Tag, Carlotta«, strahlte er. »Wie wär's mit einem Ausritt? Hast du Zeit?«

»Du mußt ja schon vor Tagesanbruch losgefahren sein«, sagte sie.

»Natürlich. Morgenstund' hat Gold im Mund«, zitierte er.

»Ich weiß nicht recht, ob ich das auch behaupten möchte.«

Er lachte. »Wie ist es nun mit dem Ritt? Und mit einem Frühstück für einen ausgehungerten Cowboy?«

»Harvey, bitte, komm herein. Ich muß dir etwas erzählen. Wir haben schreckliche Schwierigkeiten.«

»Wieso?«

»Schwierigkeiten«, wiederholte Carlotta.

»Wer?«

»Mammie und ich.«

Er umfaßte sie und geleitete sie über die Veranda ins Haus.

»Wo brennt's denn?«

»Kennst du Arthur Cushing?« fragte sie.

Seine Stimme wurde hart: »Ich habe von ihm gehört. Um es genau zu sagen, ich habe gehört, du flirtest mit ihm.«

»Wir liefen manchmal zusammen Ski. Das ist alles. Harv... er ist tot. Er wurde gestern nacht ermordet.«

»Was?«

»Ich weiß nicht, wie ich es dir sagen soll, aber es sieht so aus, als ob es jemand aus diesem Haus getan hat.«

»Aus diesem Hause? Carlotta! Wovon, in aller Welt, sprichst du?«

»Mutter.«

»Willst du damit sagen, daß deine Mutter...«

»Nein, nein«, unterbrach sie ihn hastig. »Das meine ich nicht. Ich versuche ja nur, dir zu erklären, was passiert ist, was hier vorgeht.«

»Ist deine Mutter zu Hause?«

»Nein. Sie ist in der Stadt.«

»Also gut. Laß uns hineingehen und erzähle mir alles.«

»Hör zu«, sagte sie verzweifelt, »ich möchte, daß du mich richtig verstehst. Ich persönlich glaube nicht, daß Mammie es getan hat oder nur das geringste damit zu tun hat. Nur gibt es Beweismaterial, Indizien, die alles sehr erschweren.«

»Hat jemand Anschuldigungen ausgesprochen? Hat die Polizei...«

»Ja, die Polizei war hier, hat Fragen gestellt und all das.«

»Und haben sie durchblicken lassen, daß sie deine Mutter verdächtigen?«

»Mammie oder mich.«

»Weiter! Was soll ich tun? Wieviel Zeit haben wir?«

»Mutter war schon bei Mr. Mason«, sagte Carlotta.

»Du meinst Perry Mason?«

»Ja. Er ist hier. Er macht in einem Bungalow am See ein paar Tage Urlaub.«

»Und was hat Mr. Mason gesagt?«

»Er riet uns, der Polizei gegenüber die Aussage zu verweigern und... nun, das tat ich auch.«

»Perry Mason ist ein hervorragender Rechtsanwalt und ein berühmter Strafverteidiger«, sagte Delano, »trotzdem bin ich nicht sicher, ob sein Rat gut war. Er hat gewöhnlich mit einer anderen Kategorie von Klienten zu tun. Dein Schweigen wird zur Folge haben, den Verdacht nur noch stärker auf dich zu lenken.«

»Ich glaube, das wollte Mr. Mason auch.«

»Warum sollte er denn das wollen?«

»Weil er denkt, daß Mutter Arthur erschossen hat. Ich glaube, er möchte es so weit bringen, daß die Behörden aus Angst, die Falsche zu erwischen, nicht wissen, wen von uns beiden sie verhaften sollen.«

»Das zögert die Dinge zwar hinaus«, sagte Delano, »ist aber auf lange Sicht für nichts gut.«

»Das sehe ich ja ein. Harv, ich weiß nicht, was ich tun soll. Wenn ich mir vorstelle, daß Mammie ihn meinetwegen umgebracht hat, könnte ich... nun, ich könnte es einfach nicht mit ansehen, wie sie das ausbadet.«

»Wie meinst du das?«

»So wie ich es sage. Ich könnte es einfach nicht. Lieber würde ich die Schuld auf mich nehmen.«

»Bist du wahnsinnig, Carlotta?«

»Nein, Harv. Wenn sie es getan hat, dann hat sie es für mich getan.«

Harvey Delano setzte sich in einen Stuhl und sagte: »Wann wird deine Mutter zurück sein?«

»Ich weiß es nicht. Vielleicht in einer halben Stunde.«

»Gut. Erzähl mir alles«, sagte er. »Wen vertritt Perry Mason?«

»Bis jetzt vertritt er uns sozusagen beide.«

»Das geht nicht!«

»Ich weiß.«

»Hast du Cushing getötet, Carlotta?«

»Lieber Himmel, nein! Harv, glaubst du, daß ich jemanden umbringen könnte? Ich hatte große Lust dazu, aber ich gab ihm eine Ohrfeige und ging, obwohl er mehr verdient hätte.«

»Gut. Hat ihn deine Mutter getötet?«

»Es sieht so aus. Ich möchte sehr vorsichtig sein mit dem, was ich sage. Eine Frau muß es getan haben. Aber wenn es Mutter war, dann machte sie Dinge, die ich einfach nicht verstehe.«

»Was meinst du?«

»Sie hätte es dann so angestellt, daß der Verdacht in erster Linie auf mich fällt. Schau, ich fuhr heim. Ich hatte eine Reifenpanne. Ich ließ das Auto stehen und ging zu Fuß nach Hause. Irgend jemand aus diesem Haus, eine Frau, ging hinüber zu Cushing, dann zu meinem Wagen, warf den Revolver ins Gebüsch, ging wieder zu Cushing und dann zurück hierher.«

Carlotta sah nachdenklich aus. »Wer immer es war, vergaß, daß man im Reif die Spuren sehen würde – nicht deutlich genug, um die Fußspuren identifizieren zu können, aber immerhin deutlich genug, um uns zu verdächtigen. Wir haben der Polizei nicht die ganze Wahrheit gesagt. Mutter hat versucht, mich herauszuhalten. Es ist das schrecklichste Durcheinander, das du dir vorstellen kannst.

Zuerst glaubte ich, Mammie wollte, daß wir schwindeln, um mich zu schützen. Jetzt bin ich... Harv, ich habe große Angst. Sie hat versucht, etwas zu vertuschen.«

»Wie wär's, wenn du von Anfang an berichtest«, sagte er.

»Und sag mir alles, was geschehen ist, und dann sag mir, was ich für dich tun soll.«

»Du sollst überhaupt nichts tun. Ich wollte nur, daß du es weißt. Es wird nicht leicht werden. Mein Name wird in den Zeitungen stehen, die Leute werden reden und Vermutungen anstellen, nun, ich wollte, daß du es verstehst, und darüber hinaus macht es mir nichts mehr aus.«

»Was soll ich verstehen?«

»Paß auf. Vergangene Nacht – niemand weiß genau wann – fing es an zu frieren. Es war gegen Mitternacht. Ich war bei Arthur Cushing zum Abendessen«, begann Carlotta. »Nach dem Essen führte er mir Filme von einigen Skiausflügen vor und zeigte mir Bilder, die er aufgenommen hatte.«

»Und dann?«

»Dann machte er Annäherungsversuche. Ich wies ihn in seine Grenzen zurück, jedenfalls glaubte ich das. Aber kurz darauf wurde er so unverschämt, daß ich ihm eine Ohrfeige gab. Er wurde handgreiflich und zerfetzte sogar meine Bluse. Ich schlug ihn daraufhin noch einmal, so fest ich konnte, ins Gesicht und verließ das Haus. Er hatte seinen Knöchel gebrochen und den Fuß in Gips. Wenn das nicht gewesen wäre, weiß ich nicht, was passiert wäre. Er schien sich überhaupt nicht darum zu kümmern, welche Konsequenzen sein Benehmen für ihn haben könnte.«

»Das ist genau das, was man mir über ihn erzählt hat«, sagte Harvey. »Er soll eine besondere Tour gehabt haben. Er war unverschämt und aufdringlich und davon überzeugt, daß es niemand wagen würde, Anzeige gegen ihn zu erstatten. Und wenn doch einmal jemand den Mut dazu aufbrachte, war sein Einfluß groß genug, um die Angelegenheit unter den Tisch fallen zu lassen.«

»Natürlich«, ergänzte Carlotta, »du weißt ja, wie das ist. Kein Mädchen möchte öffentlich kompromittiert werden. Es ist viel besser, den Mund zu halten und die Sache auf sich beruhen zu lassen. Ich kenne ein paar Männer, die es genauso machen, und ich habe genügend Geschichten gehört, wie es den Mädchen dann ergangen ist. Ich habe immer geglaubt, ich könnte allein auf mich aufpassen, aber glaube mir, Harvey, er war wirklich stark und führte sich auf wie ein Verrückter. Wenn der gebrochene Knöchel nicht gewesen wäre, weiß ich nicht, ob ich es geschafft hätte. Aber ich habe es geschafft. Ich setzte mich in mein Auto und fuhr los.«

»Und weiter?«

»Dann hatte ich die Panne, ließ den Wagen stehen und ging zu Fuß nach Hause.«

»Wann war das?«

»Ich habe jedem erzählt, daß es ungefähr elf Uhr gewesen ist. Aber ich glaube, es war fast eins.«

»Warum hast du wegen der Zeit gelogen, Carlotta?«

»Wir mußten es tun, Harvey. Du wirst es begreifen, wenn ich dir den Rest der Geschichte erzählt habe.«

»Also gut«, sagte er. »Laß den Rest hören.«

»Es war schon gegen zwei Uhr morgens. Mutter war in Sorge um mich. Sie sah in der Garage nach und fand sie leer. Ungefähr um diese Zeit hörte sie den Schrei einer Frau, der aus der Richtung von Cushings Haus kam. Sie dachte, ich wäre noch dort.«

»Weiter, was geschah weiter?«

»Sie ging hinüber und fand Arthur Cushing tot. In panischer Angst rannte sie zurück in mein Zimmer und war natürlich sehr überrascht, daß ich in meinem Bett lag. Wir besprachen die ganze Sache und vergaßen dabei die Fußspuren, die sie hinterlassen hatte.«

»Also weiß der Sheriff, daß sie bei Cushing war«, folgerte Delano.

»Der Sheriff weiß, daß jemand aus unserem Haus hingegangen ist, und zwar, nachdem es zu frieren begann. Aber jetzt kommt das Schlimme. Harv, erinnerst du dich, als du das letzte Mal hier warst und wir geschossen haben? Du hattest mir gezeigt, wie man einen Revolver hält.«

»Ja, ja. Erzähl weiter, Carlotta. Was dann?«

»Du hast ihn doch hiergelassen, damit ich üben kann. Er lag im Handschuhfach meines Wagens.«

»Lieber Himmel! Wer hat das außer dir noch gewußt?«

»Mutter. Sie sah ihn einmal, als sie ihre Handschuhe weglegen wollte. Harv, sie könnte hinübergegangen sein, dort muß es etwas gegeben haben... sie ging zurück zu meinem Wagen... lief wieder zu Cushing, erschoß ihn... kam dann nach Haus... aber nein. Das geht nicht. Der Revolver war nach dem Mord ins Gebüsch geworfen worden und...«

Delano dachte angestrengt nach. Dann fragte er: »Wie war das, als du nach Hause kamst? Lag da schon Frost auf der Erde?«

»Ja. Aber ich ging direkt nach Hause. Meine Spuren beweisen das. Außer denen, die von Cushing zu meinem Wagen führten, gab es keine weiteren... das heißt, keine Fußspuren. Einige Autos fuhren diesen Weg heute ganz früh. Aber vom Auto zu unserem Haus gab es nur meine Spur.«

»Was sagt deine Mutter zu diesen Fußspuren?«

»Die Fußabdrücke hinüber zu Cushing stammen natürlich von Mammie. Sie hat es mir zugegeben. Aber sonst niemandem. Sie behauptet, sie ging hinüber, als sie die Frau schreien hörte.«

»Hat sie das der Polizei gesagt?«

»Nein. Nicht einmal Perry Mason weiß es. Das ist der Fehler, den sie gemacht hat. Sie hatte doch keine Ahnung, daß sie Spuren hinterlassen würde. Aber, wenn du es genau überlegst, Harv, ist es doch so: die Anklage muß in diesem Fall gegen jeden Zweifel beweisen, daß es tatsächlich Mutters Spuren sind. Und das kann sie nicht.«

»Aber es können nur die deiner Mutter oder deine sein.«

»Nein. Es können auch Spuren irgendeiner anderen Frau sein, ja sogar die eines Mannes mit Cowboystiefeln, wenn er kleine Füße hat. Was sollte jemand abgehalten haben, seinen Wagen vor unser Haus zu fahren, zu Cushing hinüberzugehen, zu seinem Auto zurück und dann wegzufahren?«

Delano überlegte stirnrunzelnd. »Gab es Autospuren am Weg?«

»O ja, natürlich. Viel Wochenendverkehr, und Sonnabend abends ist hier auch immer etwas los, Partys und so.«

»Die Fußspuren waren also nicht deutlich genug, so daß die Polizei beweisen könnte...«

»Überhaupt nichts kann sie beweisen«, unterbrach sie ihn.

»Haben sie die Schuhe deiner Mutter mitgenommen?«

»Das wollten sie. Aber Mutter erklärte ihnen, daß sie sehr viele Schuhe habe und nicht gern ihren ganzen Kleiderschrank umgewühlt haben möchte. Sie weigerte sich, daß sie es ohne einen Durchsuchungsbefehl tun.«

»Was hat sie mit den Schuhen gemacht?«

»Sie hat sie natürlich gründlich gereinigt, denn sie fürchtete... nun, sie wollte eben sichergehen, das ist alles.«

»Mir scheint, deine Mutter ist in einer ziemlich verfahrenen Situation. Sie hätte viel besser daran getan, die Wahrheit zu sagen und...«

»Ich weiß. Aber sie hat doch nur versucht, mich zu schützen.«

»Glaubst du das wirklich?«

»Harv, das weiß ich eben nicht mehr. Manchmal denke ich, daß sie sich meinetwegen gesorgt hat, hinüber ging und... weißt du, Arthur Cushing war natürlich wütend, als ich ging.«

»Was ist mit dem Revolver? Konnten sie beweisen, daß es die Mordwaffe ist?«

»Bis jetzt noch nicht.«

»Wenn sie das können, haben sie genug Beweismaterial, um...«

Er unterbrach sich, als energisch gegen die Tür geklopft wurde.

Carlotta blickte ihn verängstigt an.

»Sieh nach, wer es ist«, sagte er.

Carlotta öffnete die Tür und sah Sheriff Elmore mit seinen drei Polizisten mit finsteren Mienen auf der Veranda stehen.

»Es tut mir leid«, sagte der Sheriff, »aber ich habe einen Durchsuchungsbefehl für dieses Haus. Hier ist eine Kopie, Miss Adrian und...«

»Das ist Harvey Delano, ein Rechtsanwalt«, sagte sie rasch.

»Darf ich fragen, was das zu bedeuten hat, Sheriff?« fragte Delano.

»Es tut mir leid«, wiederholte Elmore. »Indizien machen es notwendig, dieses Haus zu durchsuchen. Ich habe einen Durchsuchungsbefehl. Sie können ihn prüfen, ob er ordnungsgemäß ausgestellt ist, aber ich muß Sie bitten, zur Seite zu treten und nichts mehr zu berühren. Setzen Sie sich beide dorthin, wo wir Sie beobachten können. Ist Ihre Mutter zu Hause, Carlotta?«

»Nein.«

»Also gut, Jungs«, sagte der Sheriff, »fangen wir an.«

»Einen Augenblick«, unterbrach ihn Delano, »ich habe den Durchsuchungsbefehl noch nicht geprüft.«

»Ich schon«, erwiderte Elmore. »Setzen Sie sich hin und prüfen Sie ihn, so lange, wie Sie wollen, aber versuchen Sie nicht, irgend etwas zu verstecken. Los, Männer!«

Fragend blickte Carlotta auf Delano.

Er zuckte die Achseln.

Der Polizist, der sie beobachten sollte, sagte: »Wenn Sie sich bitte da drüben hinsetzen würden.«

»Das ist doch eine Unverschämtheit«, fuhr Carlotta ihn an.

»Ein Mord ist verübt worden«, erklärte der Polizist. »Der Sheriff versucht, sein Bestes zu tun. Die Leute erwarten von ihm Resultate, verstehen Sie?«

»Also ich persönlich...«

Sie hielt mitten im Satz inne, als Sheriff Elmore ins Zimmer trat. Er hielt eine goldene Puderdose in der Hand.

»Hier ist eine goldene Puderdose mit einem Brillanten. ›Von Arthur an Carlotta in Liebe‹ ist eingraviert. Kennen Sie die?« fragte er Carlotta.

Harvey sah Carlotta an.

»Es war ein Geschenk«, flüsterte sie.

»Von wem? Denken Sie daran, daß wir es nachprüfen können.«

»Arthur gab es mir.«

»Arthur Cushing?«

»Ja.«

»Wann hatten Sie diese Dose zum letztenmal?«

»Gestern abend, glaube ich. Ich muß sie verloren haben, als ich von meinem Wagen nach Haus ging.«

»Wir fanden diese Puderdose in einem Reitstiefel, wo sie bis zur Spitze des Schuhs hineingestopft und mit Watte verdeckt worden war«, sagte Elmore unheilvoll.

»Aber Sie sind ja verrückt«, fuhr ihn Carlotta an. »Das ist meine Puderdose. Ich... ich... habe sie irgendwo verloren. Ich habe doch nicht versucht, sie zu verstecken.«

»Wie käme sie dann in den Reitstiefel?«

»Das weiß ich nicht. Ich kann Ihnen darauf keine Antwort geben«, sagte Carlotta ärgerlich.

»Darüber hinaus«, meinte Elmore, »möchte ich Ihnen noch etwas Interessantes berichten, Miss Adrian. Als wir Cushings Haus durchsuchten, fanden wir Puder auf dem Fußboden und auf Cushings Schuhen. Außerdem fanden wir dünne silbrige Scherben, die wir zusammengesetzt haben. Sie ergaben einen kleinen, runden Spiegel. Deshalb suchten wir nach der Puderdose. Offen gesagt, war das einer der Gründe, weshalb wir dieses Haus durchsuchen.«

Er ließ die Dose aufschnappen. »Wie Sie sehen«, sagte er, »ist dieser Spiegel zerbrochen. Und der Puder ist dem sehr ähnlich, den wir am Tatort fanden.«

Carlotta hob das Kinn und preßte die Lippen zusammen.

»Was haben Sie dazu zu sagen?« fragte der Sheriff.

»Nichts.«

»Hören Sie mal zu«, mischte sich Delano ein. »Die Sache kann erklärt werden. Lieber Himmel, jeder konnte... nun, Carlotta hat die Puderdose verloren. Jemand kann sie gefunden haben und...«

»Natürlich«, unterbrach ihn Elmore ironisch, »und brachte sie dann her, um sie in der Spitze eines Reitstiefels zu verstecken.«

Darauf fiel Harvey Delano keine Antwort ein.

»Haben Sie mir etwas zu sagen, Miss Adrian?«

»Mein Rechtsanwalt hat mir geraten, keine Aussagen zu machen«, antwortete Carlotta. »Ich habe für alles eine Erklärung, und ich werde sie abgeben, wenn die Zeit dazu gekommen ist.«

»Die Zeit ist schon gekommen«, sagte der Sheriff.

Sie schüttelte den Kopf, kniff die Lippen zusammen und schwieg.

»Gut, Bill«, rief der Sheriff.

Einer der Beamten kam ins Zimmer und hatte ein Paar Schuhe in der Hand.

»Kennen Sie diese Schuhe?« fragte der Sheriff.

»Gewiß«, erwiderte sie, »sie gehören meiner Mutter.«

»Nicht Ihnen?«

»Nein.«

»Wollen Sie sie bitte einmal anprobieren?«

»Ich verstehe nicht, warum.«

»Wir möchten sehen, ob sie passen.«

»Das kann ich Ihnen auch so sagen. Mutter und ich haben die gleiche Größe und tauschen unsere Schuhe manchmal aus.«

»Haben Sie diese schon einmal getragen?«

»Ich glaube nicht.«

»Aber sie gehören Ihrer Mutter?«

»Ja.«

»Das bedeutet überhaupt nichts!« rief Delano kriegerisch. »Viele Leute haben dieselbe Schuhgröße. Bitte, sehen Sie her,

Auch ich habe kleine Füße. Ich wette, daß sie sogar mir passen. Hier, lassen Sie mich sehen. Ich werde Ihnen beweisen, wie absurd es ist, zu...«

»Nehmen Sie die Hände von den Schuhen weg«, schnauzte ihn der Sheriff an, als Harvey sie ergreifen wollte. »Sie stellen Beweismaterial dar.«

»Ach«, meinte Delano wegwerfend, »Sie haben nur Angst, daß ich Ihnen beweisen kann, welch ein spärliches Beweismaterial Sie da haben. Mit so etwas können Sie bei Gericht nicht durchkommen. Sie müßten eine Besonderheit in den Spuren finden und dann beweisen, daß...«

Ohne sich um ihn zu kümmern, nickte der Sheriff einem seiner Beamten zu und sagte: »Gut Bill. Gehen wir!«

Er übergab Carlotta ein Blatt Papier, auf welchem mit Tinte geschrieben war:

Ich, Bert Elmore, formgerecht gewählter und dienstausübender Sheriff dieses Bezirkes, nehme an mich: ein Paar Damenschuhe und eine diamantbesetzte, goldene Puderdose mit zerbrochenem Spiegel, graviert »Von Arthur an Carlotta in Liebe«.

»Hier ist Ihre Empfangsbestätigung«, sagte er.

Er schob den Zettel in Carlottas Hand und ging hinaus, ohne davon Notiz zu nehmen, daß der junge Rechtsanwalt noch immer redete.

9

Perry Mason, Della Street und Paul Drake hatten eine Besprechung mit Harvey Delano und Carlotta Adrian.

Delanos bleiche, ungebräunte Haut stand in krassem Widerspruch zu seiner protzigen Cowboyausrüstung mit den hochhackigen Stiefeln und engen Hosen. Er schien sich sehr unbehaglich zu fühlen, so als habe er sich endlich durchgerungen, etwas zu sagen, trotzdem aber noch zögerte, es zu tun.

»Ich kann es einfach nicht glauben«, sagte Carlotta. »Daran zu denken, daß sie Mutter verhaften... und doch... nun, so ist es aber.«

»Lassen Sie uns einen Punkt klarstellen«, sagte Mason. »Glauben Sie, daß Ihre Mutter in der vergangenen Nacht oder heute morgen zu Cushing ging?«

»Antworte nicht auf diese Frage, Carlotta«, sagte Delano.

»Zum Teufel noch mal«, entfuhr es Mason. »Lassen Sie uns doch wenigstens jetzt offen sein.«

Delano wurde rot. »Es tut mir leid, Mr. Mason«, sagte er, »aber als Carlottas Freund und Anwalt kann ich nicht zulassen, daß sie so weit in die Sache hineingezogen wird.«

»Wer vertritt sie«, fragte Mason ärgerlich, »Sie oder ich?«

»Sie vertreten Belle Adrian«, erklärte Harvey. »Ich fühle mich Carlotta gegenüber verpflichtet. Außerdem denke ich, daß persönliche Interessenskonflikte auftreten könnten, wenn sich der Fall weiter entwickelt.«

»Was meinen Sie damit?« fragte Mason. »Wollen Sie damit sagen, daß sie nicht will, daß ich sie vertrete?«

»Ich habe großes Vertrauen zu Ihnen, Mr. Mason«, antwortete Carlotta schnell, »aber zwischen Harvey und mir besteht eine Freundschaft und...«

»Sprechen Sie sich ruhig aus«, meinte Mason. »Wie ist die Situation?«

»Also gut. Wenn Sie es genau wissen wollen«, sagte Delano, »ich rate Carlotta, weder Ihnen noch sonst jemand über die Vorkommnisse der letzten Nacht Auskünfte zu geben.«

»Versuchen Sie gerade, mir klarzumachen, daß Sie Carlottas Fall übernehmen?«

»Bisher hat die Polizei nur Mrs. Adrian verhaftet«, antwortete Delano ausweichend. »Nur angenommen, Carlotta glaubt, ihre Mutter hätte den tödlichen Schuß abgefeuert, angenommen, man würde sie als Zeugin vorladen.«

»Gut«, meinte Mason geduldig, »und?«

»Ich möchte natürlich, daß sie in der Lage ist, auszusagen, ohne sich oder ihre Mutter zu belasten.«

»Schön«, sagte Mason. »Wir brauchen klare Fronten. Sie werden also Carlotta vertreten, stimmt das?«

»Ich glaube, im Hinblick auf unsere Freundschaft und...«

»Sie vertreten also Carlotta, ist es so?«

»Ja.«

»Na endlich«, sagte Mason. »Also dann vertreten Sie sie.«

»Wie meinen Sie das?«

»Beraten Sie sie dort, wo Sie niemand hören kann.«

»Aber Sie...«

»Ich werde sie nicht beraten«, sagte Mason. »Von jetzt an

gehört sie Ihnen. Sie haben ihren Fall übernommen. Ich vertrete Belle Adrian, Sie Carlotta.«

Delanos Gesicht überzog sich mit einer ärgerlichen Röte. »Komm, Carlotta«, sagte er steif.

»Guten Abend«, rief ihnen Mason nach, als sie zur Tür gingen.

»Guten Abend«, antwortete Carlotta.

Harvey Delano sagte nichts.

Als sie draußen waren, wandte sich Mason an Della Street und sagte: »Das vereinfacht die Geschichte.«

»Waren Sie nicht ein wenig streng mit ihm«? fragte Della mitfühlend.

»Das mußte ich. Entweder ist sie seine Klientin oder meine. Sie war sowieso ein Handikap für mich.«

»Wieso«? erkundigte sich Drake.

»Weil ich nicht wußte, wer wen deckt.«

»Und weißt du es jetzt?«

»Jetzt«, grinste Mason, »kümmert es mich nicht mehr. Ich habe meine Klientin. Delano hat seine.«

10

Perry Masons Privatbüro sah aus wie das politische Hauptquartier eines Kandidaten in der Nacht vor der Wahl. Ein ganzer Schwarm von Angestellten war damit beschäftigt, Tabellen zu überprüfen. Vier Telefonisten riefen Nummern aus, die von vier aushilfsweise angestellten Sekretärinnen aufgeschrieben wurden.

Mason hatte seinen Plan eine Stunde vorher erklärt. »Bear Valley ist rund dreihundert Kilometer entfernt. Die Leute dort haben nichts mit den Leuten zu tun, die hier wohnen. Cushings hatten ihre Freunde und Bekannten hier. In Bear Valley hatten sie Geschäftsinteressen, aber keine persönlichen Freunde.

Angenommen, Mrs. Adrian sagt die Wahrheit und hörte wirklich eine Frau in Cushings Landhaus schreien und Carlotta war zu dieser Zeit tatsächlich schon zu Hause, dann muß diese Frau jemand gewesen sein, der mit Arthur Cushing intim genug war, um gegen halb drei Uhr morgens in seinem Haus zu sein. In diesem Fall wird sie auch intim genug mit ihm sein, um zu seiner Beerdigung zu kommen.

Wenn sie ein Auto besitzt, dann war sie am Sonntagmorgen in Bear Valley, und ihr Wagen wird, zusammen mit hundert anderen, heute nachmittag am Friedhof stehen.«

»Aber du kannst unmöglich rechtzeitig von allen Nummern die Besitzer feststellen«, gab Drake zu bedenken.

»Das brauchen wir ja auch gar nicht, Paul. Wir fertigen eine Liste an und prüfen sie auf Duplikate. Das dürften nicht allzu viele sein.«

Drake überlegte einen Augenblick, und dann rief er aus: »Und das hast du dir alles vor acht Uhr Sonntag morgen ausgedacht und innerhalb einer halben Stunde, während Mrs. Adrian bei dir war?«

Della Street lächelte: »Dafür bezahlen ihn ja die Leute, Paul, damit er denkt.«

»Also hier hat er wirklich sein Geld verdient«, staunte Paul Drake.

Dreieinhalb Kilometer entfernt in einer prunkvollen Leichenhalle war der Sarg mit den sterblichen Überresten Arthur Cushings auf einer blumengeschmückten Bank aufgebahrt. Der Pfarrer hatte gerade seine Grabrede beendet, und ein unsichtbarer Chor sang leise. Gedämpfte Orgelmusik, der schwere Duft der vielen Blumen, eine Atmosphäre tiefer Feierlichkeit und das gezwungene Schweigen der Menschen vor der Allgegenwärtigkeit des großen Unbekannten füllten den Raum.

Vor der Tür eilten Paul Drakes Detektive auf den Parkplätzen hin und her, stellten Listen mit Zulassungsnummern zusammen, die sie weitergaben. Andere Detektive standen an Münzfernsprechern und meldeten diese Nummern eiligst an Masons Büro weiter.

Nach dem System, das Mason im voraus ausgearbeitet hatte, verglichen Della Street, Paul Drake und Mason die durchgegebenen Nummern auf Duplikate.

Draußen in der Leichenhalle gingen die Trauergäste langsam an dem Sarg vorbei und blickten hinunter in die starren Züge des jungen Mannes, der nach der Lobrede des Pfarrers »im Frühling seines Lebens durch die Hand eines unbarmherzigen Meuchelmörders niedergeschlagen und zur tiefsten Trauer seiner ganzen Gemeinde aus einer vielversprechenden Karriere gerissen wurde«.

Dann kamen die schwerfälligen Schritte der Leichenträger,

der Sarg wurde auf den Leichenwagen geschoben, und die feierliche Beerdigungsprozession begab sich zum Mausoleum.

Ein halbes Dutzend Detektive auf jeder Seite der Straße prüfte gewissenhaft jede Zulassungsnummer der Wagen, die an der Prozession teilnahmen. Sie fügten die Nummern dazu, die sie bereits auf dem Parkplatz oder in der näheren Umgebung der Leichenhalle aufgenommen hatten.

Als die Prozession den Friedhof erreichte, hatten Mason, Della Street und Paul Drake bereits vier Zulassungsnummern, die doppelt vorkamen. Zehn Minuten später kannte Drake, der mit einem befreundeten Polizeibeamten zusammenarbeitete, bereits die Namen und Adressen der Leute, denen diese vier Autos gehörten.

Einer war ein Grundstücksmakler, der in Bear Valley wohnte. Der nächste war ein junger Mann, der sehr eng mit Arthur Cushing befreundet gewesen war und ihn öfter bei Skiausflügen begleitet hatte. Er war auch schon zweimal in Eskapaden verwickelt, mit denen Arthur Cushing ein unliebsames Aufsehen erregt hatte. Der dritte Wagen gehörte einer Frau, die ungefähr fünfunddreißig Kilometer entfernt in einem Vorort lebte, und die vierte war eine Miss Marion Keats, die in der Stadt, und zwar 2316 Huntless Avenue, wohnte.

Wieder einmal wurde Drakes Untersuchungsbüro emsig, und innerhalb einer relativ kurzen Zeit erhielt man die Information, die Frau aus dem Vorort war siebenundvierzig Jahre alt und war eine Freundin von Arthur Cushings Mutter gewesen.

Lange Zeit hatte sie Dexter Cushing sehr ablehnend gegenübergestanden, denn sie war der Meinung, daß er an dem Tod seiner jungen Frau nicht ganz schuldlos war. Für Arthur hingegen empfand sie eine fast mütterliche Zuneigung und hatte ihm sogar von Zeit zu Zeit Vorwürfe wegen seines lockeren Lebenswandels gemacht.

Der Bericht über Marion Keats zeigte, daß sie vierundzwanzig Jahre alt, einen Meter zweiundsechzig groß und einhundertunddrei Pfund schwer war. Sie hatte haselnußbraune Augen und dunkles Haar.

Mason nickte: »Ich tippe auf Marion Keats«, sagte er.

»Sie wohnt in einem Apartmenthaus. Was machen wir?« erkundigte sich Drake.

»Es gibt nur eines, was wir tun können, Paul. Wir schmieden

das Eisen, solange es heiß ist. Sie wird jetzt gerade von der Beerdigung zurückkommen. Natürlich ist sie aufgewühlt. Das ist eine Chance, eine ganz winzige Chance, daß wir etwas aus ihr herauskriegen.«

»Sie könnte diejenige sein, die geschrien hat«, überlegte Drake. »Sie könnte auch den Spiegel geworfen haben. Ja, sie könnte sogar die Mordwaffe auf ihn gerichtet haben, aber irgendwie kann ich mir schlecht vorstellen, daß sie eines dieser Dinge zugeben würde.«

»Wir haben es mit Indizien zu tun, Paul. Das sind die stärksten Beweise von allen. Aber es ist erstaunlich, welche Fehler gemacht werden können, wenn man Indizien interpretiert. Die Anklage arbeitet zum Beispiel nach der Theorie, daß eine Frau und Arthur Cushing Meinungsverschiedenheiten hatten, daß Cushing den schweren Spiegel griff und nach ihr warf. Sie rächte sich, indem sie ihn erschoß.«

»Na und?« fragte Drake.

Mason schüttelte den Kopf. »Es sah Arthur Cushing zwar sehr ähnlich, einem Mädchen seine Gunst aufzudrängen. Deshalb könnte sie den Spiegel nach ihm geworfen haben. Ich kann mich der Theorie der Anklage nicht anschließen, daß er den Spiegel schleuderte.«

»Da kannst du recht haben«, gab Drake zu, »Frauen werfen mit Gegenständen, Männer tun das nicht.«

»Angenommen, die Keats weigert sich, mit Ihnen über diese Dinge zu sprechen«? fragte Della Street.

»Das würde mir genau in den Kram passen«, meinte Mason aufgeräumt. »Dann lade ich sie als Zeugin und nehme sie beim Kreuzverhör in die Zange. Das ist wieder so ein Fall, wo man sich nicht traut, seinen Klienten in den Zeugenstand zu rufen. Wenn Mrs. Adrian die Wahrheit sagt, wird man sie verurteilen, weil man ihr beweisen wird, daß sie jetzt genau das Gegenteil von dem sagt, was sie den Untersuchungsbeamten erzählt hat. Und wenn sie versucht, bei ihrer Geschichte zu bleiben, wird man ihr nachweisen, daß sie lügt.«

»Und wenn sie gar nichts sagt?« fragte Paul Drake.

»Das wäre das Schlimmste, was sie tun kann. In den Augen der Geschworenen wäre das ein glattes Schuldbekenntnis. Aus diesem Grunde muß ich mir einen Blitzableiter suchen und Wirbel machen.«

»Soll ich mitkommen?« fragte Drake.

Mason blickte auf die Uhr. »Ich weiß noch nicht, wie ich die Sache anpacken werde, bevor ich sie gesehen habe. Sie haben die Voruntersuchung für morgen angesetzt. Ich habe eine Blankovorladung ausgestellt, Paul. Ich möchte, daß du vor der Tür des Apartments wartest. Ich gebe dir ein Signal, indem ich an die Türfüllung schlage. Wenn du das hörst, läutest du und sagst ihr, du hättest eine Zeugenvorladung zu überbringen. Tu so, als ob du mich nicht kennst.«

»Soll ich draußen warten, gleich, nachdem du hineingegangen bist«? erkundigte sich der Detektiv.

»Falls ich hineinkomme«, meinte Mason lachend.

»Das sieht nach Ärger aus«, sagte Della Street besorgt. »Es wird ihr nicht passen.«

»Mein Besuch wird ihr sogar höchst unangenehm sein«, antwortete Mason.

»Was willst du eigentlich gegen sie vorbringen?« wollte Drake wissen.

Perry Mason grinste ihn an: »Ich habe bis jetzt noch keine blasse Ahnung!«

»Seien Sie nur vorsichtig«, warnte Della, »daß sie nichts findet, was sie gegen Sie vorbringen kann.«

»Tut mir leid, Della«, sagte der Anwalt, »aber es gibt Situationen, wo man mit Vorsicht nicht weiterkommt.«

11

»Das kompliziert das Problem«, meinte Drake trübsinnig, als er das anspruchsvolle Äußere des Apartmenthauses betrachtete. »Das wird nicht ohne Formalitäten abgehen, Perry. Der Empfangschef wird darauf bestehen, uns bei Marion Keats anzumelden, und sie wird sagen, sie könne jetzt niemand empfangen.«

»Das macht nichts«, erwiderte der Anwalt optimistisch. »Wir werden schon einen Weg finden. Und denke daran, Paul, diese Zeugenvorladung ist nur unser Aufhänger. Ohne die Unterschrift des Richters, vor dem der Fall verhandelt wird, kann sie niemand zwingen, außerhalb des Gebietes, in dem die Vorladung überbracht wird, als Zeugin zu erscheinen. Wir hatten keine Zeit, diese Unterschrift zu besorgen. Ich bluffe einfach, aber wir dürfen die Sache nicht zu weit treiben. Laß dich auf kein Gespräch ein. Überbringe die Ladung und verschwinde wieder.«

Drake nickte.

Der Angestellte am Empfangstisch sah auf, als Mason und Drake die Halle betraten. Sein Gesicht hatte den hochmütigen Ausdruck des kleinen Mannes, der sich an seinem Posten äußerst wichtig vorkam.

»Keine erste Klasse, nur hohe Mieten«, bemerkte Mason zwischen den Zähnen. »In einem wirklich vornehmen Haus hätte man diesen Kerl schon vor dem ersten Zahltag an die Luft gesetzt. Er ist ein Snob und bestechlich obendrein.«

»Wie wollen wir vorgehen?« fragte Drake ebenso leise.

»Mit Geld und Überredungskunst«, antwortete Mason und ging auf den Mann zu.

»Guten Tag«, sagte der Portier, »wen möchten Sie sprechen, und sind Sie angemeldet?«

»Wir repräsentieren das Gouvernement«, sagte Mason, ohne auf seine Fragen einzugehen.

Die Augen des Mannes zogen sich kaum merklich zusammen. Sein Benehmen wurde zurückhaltender. Er fragte: »Die Einkommensteuer?«

»Nein«, erklärte Mason, »die Abteilung zur Verteilung von Staatspapieren.«

»Ach, tatsächlich?«

Mason öffnete seine Brieftasche, zog einen Zehndollarschein heraus und sagte: »Um eine möglichst unparteiische Verteilung der Staatspapiere zu gewährleisten, vergeben wir eine Reihe freiwilliger Unterstützungen. Dies ist Ihr Anteil.«

»Was muß ich dafür tun?« fragte der Portier und blickte hastig über seine Schulter, um sich zu vergewissern, daß sie allein waren.

»Nichts«, sagte Mason. »Und wenn Sie genau gar nichts tun, kriegen Sie noch einmal zehn Dollar, wenn wir wieder herunterkommen.«

»Ich fürchte, ich kann Ihnen nicht ganz folgen«, sagte der Portier hilflos.

»Natürlich nicht. Das wollen wir auch gar nicht«, erwiderte Mason heiter. »Wir möchten nämlich einen Mieter überraschen, der im zweiten Stock wohnt. Und wir möchten nicht angemeldet werden. Sollten Sie es dennoch tun, so wären diese zehn Dollar Ihr Gesamtanteil bei der Verteilung von Wohlstand. Wenn wir aber nicht angemeldet werden, gibt es weitere zehn, sowie wir herunterkommen.«

»Ich muß Sie aber anmelden, sonst wirft man mich hinaus«, entgegnete der Mann ängstlich.

Mason schwieg bedeutsam.

»Auf der anderen Seite«, bot er sich eiligst an, »wenn es Ihnen reicht, daß ich Sie erst anmelde, nachdem Sie Gelegenheit hatten, bis zur Tür zu kommen... ich werde erklären, daß ein paar Herren an mir vorüberrannten und zum Lift gingen. Ich hätte gesehen, daß der Fahrstuhl im zweiten Stock angehalten hat, und daß ich daher dem Hausmeister und allen Mietern des zweiten Stockwerks Bescheid gebe.«

»Das ist fein«, ermunterte ihn Mason. »Nur sagen Sie nicht, daß es Herren waren, verstehen Sie?«

»Nein?« fragte der Portier erstaunt.

»Sagen Sie einfach Herr, in der Einzahl«, bedeutete ihm Mason.

»Ach so. Ja, natürlich.«

»Für zwanzig Dollar können wir doch etwas verlangen, nicht wahr«, erinnerte ihn Mason.

»Jawohl, mein Herr«, dienerte der Portier. »Ich muß den Namen des Mieters wissen«, fügte er hinzu, »denn ich kann ja nicht alle Mieter der zweiten Etage anrufen. Das gäbe ein Durcheinander.«

»Wir gehen in die Wohnung von Marion Keats. Ich glaube, es ist Nr. 314.«

»Das stimmt, jawohl.«

»Jawohl was?«

»Jawohl, Sir.«

»So ist es schon besser«, sagte Mason.

Er ließ Drake an sich vorbei und sagte zu dem farbigen Liftboy: »Zweiter Stock.«

»Menschenskind, Perry«, staunte Drake, »ich hätte nicht geglaubt, daß er auf etwas derartig Plumpes hereinfallen würde.«

»Ich schon«, erwiderte Mason. »Er war zu hochmütig, er spielte zu sehr den Gentleman. Diese Art Snobs sind immer Heuchler, lieben den Glanz und spielen gern Theater. Menschen, die Höflichkeit durch Angeberei ersetzen, sind leicht zu überrumpeln.«

Der farbige Liftboy blickte auf Mason und grinste: »Es hört sich beinahe so an, als würden Sie von jemandem sprechen, den ich auch sehr gut kenne«, sagte er, und seine weißen Zähne blitzten.

»Ja«, antwortete Mason, als der Fahrstuhl hielt, »vom Gouverneur des Staates.«

»Natürlich, Sir, das dachte ich mir«, feixte der Farbige.

»Du wartest hinten, Paul«, riet Perry Mason, schritt rasch den Korridor entlang und drückte auf den Knopf der Tür Nummer 314.

Ein paar Sekunden später wurde die Tür geöffnet.

Die wohlproportionierte, sportlich aussehende junge Dame, die Mason mit fragenden Augen ansah, war äußerst attraktiv. Auch die Tatsache, daß sie geweint hatte, konnte daran nichts ändern.

»Ja, bitte«, fragte sie, »wer sind Sie?«

Ihre Art veranlaßte Mason, seinen Schlachtplan zu ändern.

»Mein Name ist Mason«, antwortete er lächelnd, »ich wollte mit Ihnen über Arthur Cushing reden.«

»Es ist üblich, daß sich Besucher anmelden, Mr. Mason«, sagte sie, ohne einen Schritt zurückzugehen.

»Ich weiß«, erwiderte Mason, und sein Lächeln wurde noch freundlicher, »aber ich fand es so viel rücksichtsvoller.«

»Rücksichtsvoller?«

»Das kann ich Ihnen erklären«, sagte er und ging auf sie zu, als wäre es selbstverständlich.

Sie trat immer noch nicht zurück, um ihn einzulassen. »Was wollen Sie über Arthur Cushing wissen, Mr. Mason?«

»Möchten Sie, daß wir die Angelegenheit im Korridor besprechen?« fragte er sie.

»Natürlich, warum denn nicht?«

Das Telefon begann zu läuten.

Ungehalten über diese Störung runzelte sie die Stirn und sagte: »Bitte, warten Sie hier, Mr. Mason.«

Als sie den Hörer abnahm, betrat Mason leise das Apartment und schlug die Tür hinter sich zu.

Ärgerlich verzog sie ihr Gesicht, sprach aber weiter: »Aber Sie sind dazu da, solche Situationen zu verhindern. Der Herr, den Sie eben erwähnten, hat schon geklingelt und ist ohne meine Zustimmung eingetreten. Bitte, kümmern Sie sich darum, daß der Hausmeister sofort heraufkommt. Und wenn das nicht reicht, würde ich vorschlagen, daß Sie einen Polizisten rufen.«

Sie knallte den Hörer auf die Gabel und sagte wütend: »Ich bat Sie, draußen zu warten, Mr. Mason.«

»Es tut mir leid«, sagte Mason, »aber ich bin überzeugt, Sie wissen nicht, was ich Sie fragen will. Sonst würden Sie nicht zulassen, daß ich meine Fragen im Hausflur stelle.«

Ihr Gesicht rötete sich vor Zorn.

Unbeirrt fuhr Mason fort: »Sie waren zu Cushings Beerdigung.«

»Natürlich, er war mein Freund.«

»Und Sie waren in Bear Valley in der Nacht, in der er den Tod fand?«

Sie betrachtete ihn nachdenklich und sagte: »Ist das eine Frage?«

»Nein, das ist eine Behauptung!«

»Und die soll Bedeutung haben?«

»Hat sie denn Bedeutung?«

»Kaum. Ich laufe gern Ski.«

»Sie kannten Arthur Cushing ziemlich gut, nicht wahr?«

»Ich wäre wohl kaum zu seiner Beerdigung gegangen, wenn wir uns fremd gewesen wären.«

»Wie gut kannten Sie ihn denn?«

»Was sind Sie von Beruf, Mr. Mason?«

»Ich bin Rechtsanwalt.«

»Und wen vertreten Sie?«

»Zur Zeit vertrete ich Belle Adrian.«

»Belle Adrian wird beschuldigt, Arthur ermordet zu haben.«

»Stimmt.«

»Ich habe Ihnen nichts mehr zu sagen, Mr. Mason.«

»Haben Sie denn etwas zu verbergen?«

»Gewiß nicht.«

»Natürlich werden Sie verstehen, daß ich versuche, etwas über Arthur Cushings Vergangenheit herauszufinden.«

»Ich sehe nur, daß Sie daran interessiert sind, einen Freispruch für Ihre Klientin zu sichern. Wenn ich irgend etwas wüßte, was auch nur den kleinsten Wert hätte, Mr. Mason, würde ich es dem District Attorney sagen. Ich kann nur hoffen, daß Ihre Klientin überführt wird.«

»Wohnen Sie allein hier?« fragte Mason.

»Also wirklich, Mr. Mason«, entgegnete sie, »Sie haben doch gehört, was ich am Telefon gesagt habe. Der Hausmeister kann jeden Moment hier sein.«

Mason stand auf und verbeugte sich. »Also gut«, sagte er, »ich hatte gehofft, Sie würden vernünftiger sein. Ich glaubte, es sei besser, wenn Sie mit mir sprechen, als wenn Sie in den Zeugenstand gerufen werden, um Ihre Geschichte zu erzählen.«

»In den Zeugenstand«, wiederholte sie geringschätzig. »Was könnte ich da schon aussagen?«

Mason ging zur Tür. »Es tut mir leid«, sagte er, »daß ich Sie gestört habe. Die Voruntersuchung ist morgen. Ich nehme an, es paßt Ihnen?«

»Es paßt mir sicher nicht, und ich habe auch nicht vor, hinzugehen!«

Mason drehte sich um und schlug mit dem Ellenbogen gegen die Tür.

»Wie lange kannten Sie Mr. Cushing?« fragte er nochmals.

»Wie ich Ihnen bereits erklärte, Mr. Mason, würde ich direkt zum District Attorney gehen, wenn ich irgendwelche Informationen hätte, die wertvoll sein könnten.«

Es klingelte.

»Das ist der Hausmeister«, sagte sie triumphierend. »Ich denke, das wird Ihren unwillkommenen Besuch beenden, Mr. Mason.«

Sie riß die Tür auf.

Paul Drake schob ein Dokument in ihre Hand, faltete ein Papier auseinander und sagte: »Das ist das Original einer Zeugenvorladung in der Voruntersuchung gegen Belle Adrian. Sie werden aufgefordert, morgen um zehn Uhr vormittags zu erscheinen. Hier ist Ihr Durchschlag.«

Marion Keats trat ängstlich zurück. Plötzlich von einer Panik ergriffen, versuchte sie, die zusammengefaltete Kopie in Drakes Hand zurückzuschieben. Drake steckte nur das Original ein und drehte sich um.

»Kommen Sie lieber noch einmal zurück, Herr Gerichtsdiener«, sagte Mason förmlich, »ich möchte herausfinden, ob diese Dame vorhat, der Ladung zu folgen.«

»Das ist eine Unverschämtheit«, rief sie aus, »das können Sie mit mir nicht machen. Ich weiß nichts, aber auch gar nichts.«

»Ihre Haltung war nicht sehr hilfsbereit, Miss Keats«, sagte Mason. »Aber ich werde trotzdem offen zu Ihnen sein. Sie müssen dieser Vorladung keine Folge leisten, wenn Sie nicht wollen.«

»Nein?« Ihre Stimme verriet eine große Erleichterung, die sie zu verbergen versuchte.

»Nein«, erklärte ihr Mason. »Dies ist eine Zeugenvorladung, die Sie nicht zwingt, vor einem Gericht außerhalb dieses Gebietes zu erscheinen. Wenn sich herausstellt, daß Ihre Vernehmung als Zeugin erforderlich wird, muß die Ladung vom Richter unterzeichnet sein, um Gültigkeit zu haben.«

Sie sah den Anwalt nachdenklich an und versuchte zu ergründen, weshalb er ihr dies verraten hatte.

»Jedoch«, fuhr Mason mit liebenswürdiger Miene fort, »wenn Sie auf dem Original dieser Ladung jetzt nicht unterschreiben, daß Sie erscheinen werden, muß ich zum Richter gehen und amtlich feststellen lassen, daß Sie eine wichtige Zeugin sind.«

»Wofür denn?« fragte sie verzweifelt.

Mason lächelte unergründlich. »Darüber möchte ich mich nicht auslassen, bevor ich Sie sicher im Zeugenstand habe.«

»Mr. Mason, ich weiß nichts, überhaupt nichts über diesen Fall. Nichts, was Ihrer Klientin helfen könnte. Ich...«

»Ich glaube doch«, unterbrach sie Mason.

»Was?«

»Nachdem Sie sich nun einmal vorgenommen haben, sich mir nicht anzuvertrauen«, sagte Mason, »werde ich Sie morgen im Gericht verhören.«

Er wendete sich halb zu Drake.

»Die Frage ist nur, wünschen Sie die Ladung jetzt zu unterschreiben oder nicht?«

»Nein, das werde ich nicht tun«, schrie sie erbost.

»Also gut«, sagte Mason. »Dann gehe ich jetzt und erledige die notwendigen Formalitäten beim Richter. Das wird natürlich – besonders was die Zeitungen betrifft – die Aufmerksamkeit noch mehr auf Sie lenken.«

»So eine Gemeinheit«, schimpfte sie.

»Ich kann Ihren Standpunkt verstehen«, sagte Mason, »aber

Sie müssen bedenken, daß meine Klientin es ebenfalls als Gemeinheit empfindet.«

»Ihre Klientin«, rief sie höhnisch aus. »Die Beweise gegen sie sind so erdrückend, daß sie... nun, ich möchte sie nicht im voraus verurteilen.«

»Das wäre auch nicht ratsam«, warnte Mason, »besonders hinsichtlich der Wirkung, die Ihre Aussage dann haben würde.«

»Was meinen Sie damit? Ich sage Ihnen doch, daß ich nichts weiß.«

»Sie scheinen alles zu wissen, was gegen meine Klientin spricht.«

»Ich las es in den Zeitungen. Die Fußspuren, die zerrissene Bluse, die Scherben des Spiegels in dem Autoreifen, die Mordwaffe, die ins Gebüsch geschleudert wurde, als das Mädchen aus dem Auto stieg... Ich bin sicher, daß Mrs. Adrian und vielleicht auch ihre Tochter schuldig sind. Ich hoffe nur, daß sie verurteilt wird und die schwerste Strafe bekommt. Mr. Cushing war ein sehr liebenswerter Mensch, anziehend und...«

»Ja, reden Sie nur weiter«, sagte Mason.

»Ich habe keine Veranlassung, weiterzusprechen«, antwortete sie.

»Also gut«, wandte sich Mason an Paul Drake, »notieren Sie bitte, daß diese Dame nicht unterschrieben hat, und dann werde ich meinen Bericht machen, daß sie eine wesentliche Zeugin ist, die sich weigerte, auszusagen.«

»Mr. Mason«, rief sie, »Sie bluffen. Sie haben mich bei der Beerdigung gesehen und... Sie bluffen.«

»Wenn Sie glauben, daß ich bluffe«, sagte Mason leise, »weigern Sie sich weiter, die Ladung zu unterzeichnen und lesen Sie morgen in der Zeitung die Bekanntmachung, die ich vor Richter Norwood, der den Fall verhandelt, machen werde.«

»Wie Sie wollen, Mr. Mason«, zischte sie, »ich werde die Ladung nur zu gern unterschreiben. Und ich werde kommen. Ich werde Sie herausfordern, mich in den Zeugenstand zu rufen.«

»Herausfordern?« fragte Mason erstaunt.

»Genau das. Und meine Aussage wird das Todesurteil für Ihre Klientin sein. Dafür werde ich sorgen!«

Damit nahm sie den Füllfederhalter und sagte zu Drake: »Geben Sie die Ladung her. Ich werde diesem überschlauen

Herrn Rechtsanwalt einen Denkzettel geben, den er eine ganze Weile nicht vergessen wird.«

12

Als Mason und Drake durch die Halle kamen, stand der Portier gerade in der Telefonvermittlung und versuchte, die zornige Mieterin zu besänftigen. Er war so in seine Unterhaltung vertieft, daß er nicht bemerkte, wie die beiden leise auf seine Loge zutraten.

»... Es tut mir sehr leid, Miss Keats. Sie gingen einfach an mir vorbei. Ich habe ja versucht, sie aufzuhalten, aber bevor ich aus meiner Loge herauskam, waren sie schon im Fahrstuhl... es ist die Schuld des Liftboys, er hätte sie nicht ohne meine ausdrückliche Erlaubnis hinauffahren dürfen. Aber Sie wissen doch, wie diese Burschen sind, nachlässig und unvorsichtig. Ja... ich werde dafür sorgen, daß er tüchtig bestraft wird... doch, es waren zwei... nein, ich sagte Herren, nicht Herr. Tut mir leid, daß Sie mich mißverstanden haben. Der Hausmeister hat das Telefon nicht beantwortet. Ich bin froh, daß sie gegangen sind. Soll ich die Polizei rufen?... Gut, ich verstehe... wirklich, es tut mir außerordentlich leid, daß es passiert ist. Ich hatte natürlich keine Ahnung, zu wem sie wollten, aber als sie im zweiten Stockwerk hielten, habe ich alle Mieter dort angerufen, die zu Haus waren... wie bitte?... ja, ich sah Sie vor ein paar Minuten kommen. Danke. Vielen Dank, Miss Keats, es ist nett, daß Sie das sagen. Bitte, glauben Sie mir, es war nicht mein Fehler. Ja wirklich. Nochmals vielen Dank.«

Er hängte ein und seufzte erleichtert. Dann wendete er sich um und fand Mason und Drake vor der Loge wartend.

»Sie haben mir allerhand Ärger gemacht«, schnaufte er wütend.

»Ich glaube nicht, daß sie so böse ist, wie sie tut«, meinte Mason. »Hier ist der Rest der Staatspapiere, die wir verteilen.«

Der Mann nahm den Geldschein ärgerlich und ohne Dank entgegen.

Perry Mason zog einen Zwanzigdollarschein heraus und begann, ihn zwischen den Fingern zu drehen.

Die Augen des Portiers verloren langsam ihren mürrischen Ausdruck, und fasziniert starrte er auf Masons Hand.

»Sie haben sich ganz schön aus der Affäre gezogen, nicht wahr?« fragte ihn Mason.

»Kaum, daß ich meinen Kragen gerettet habe, wenn Sie das meinen«, antwortete der Portier.

»Das habe ich zwar nicht gemeint, aber es genügt auch«, entgegnete Mason heiter, immer noch mit dem Geldschein spielend.

»Ich habe Ihretwegen eine Menge Ärger gehabt«, schimpfte der Portier. »Wenn sie jetzt herunterkommt und Sie hier bei mir findet...«

»Dann beschimpfen Sie uns einfach«, unterbrach ihn Mason, »daß wir die Regeln dieses Hauses verletzt haben. Damit hätten Sie eine Bestätigung für die Geschichte, die Sie ihr sowieso schon erzählt haben.«

Der Mann überlegte das. Mason schwieg.

»Also, was wollen Sie diesmal?« platzte er endlich hervor.

»Wir hofften, daß Sie uns Gelegenheit geben, noch mehr von diesen Staatspapieren zu verteilen«, sagte Mason grinsend.

»Um Himmels willen, hören Sie endlich mit dieser Komödie auf und kommen Sie zur Sache. Ich trau' mich nicht, hier mit Ihnen herumzustehen und mich zu unterhalten. Es könnte jemand kommen und... also, was wollen Sie?«

»Haben Sie nachmittags Dienst?«

»Ja. Ich komme um zwei Uhr nachmittags und arbeite bis Mitternacht durch.«

»Hatten Sie vergangenen Sonnabend auch Dienst?«

»Ja.«

»Miss Keats ist eine recht auffallende junge Dame, nicht wahr? Und sehr interessant!«

»Stimmt! Na und?«

»Ein Mann in Ihrer Position bemerkt das natürlich«, sagte Mason scheinheilig.

»Was wollen Sie damit sagen!«

Statt einer Antwort spielte Mason mit dem Zwanzigdollarschein.

»Und?« fragte der Portier.

»Ich bin ziemlich sicher«, meinte der Anwalt, »daß Sie sich daran erinnern, ob sie Sonnabend nachmittag hier war und um welche Zeit sie ging.«

»Und dann bekomme ich die zwanzig Dollar?« fragte der Portier begierig.

»Und an jeden Anruf, den sie vielleicht hatte«, fuhr Mason ruhig fort.

»Ich gehöre nicht zu den Leuten, die man bestechen kann«, fuhr der Mann wütend auf.

»Aber gewiß nicht«, meinte Mason besänftigend und drehte den Geldschein noch einmal um.

Es entstand eine längere Pause, in der Mason sich nur darauf zu konzentrieren schien, den Zwanzigdollarschein zu betrachten. Er beachtete den Portier scheinbar überhaupt nicht mehr, sondern schob die Banknote hin und her, und zwar so, daß die Zahl immer sichtbar blieb.

»Also gut«, entschloß sich der Portier. »Ich weiß nicht, was Sie vorhaben, aber Sie dürfen mich in keinem Fall verraten«, sagte er.

»Aber selbstverständlich nicht«, versicherte ihm Mason mit gespieltem Ernst.

»Wie Sie so treffend bemerkten«, begann der Portier, »ist Miss Keats eine sehr auffallende Erscheinung. Ich... nun es liegt mir fern zu schnüffeln. Aber es gibt gewisse Dinge, die ein Mann in meiner Position bemerkt, verstehen Sie? Es bedarf einer guten Beobachtungsgabe und vor allem eines guten Erinnerungsvermögens«, fügte er überheblich hinzu.

»Natürlich«, erwiderte Mason und warf Paul Drake einen belustigten Blick zu.

»Am Sonnabendnachmittag war Miss Keats über irgend etwas ziemlich aufgeregt«, fuhr der Portier fort. »Sie ging immer wieder fort. Schließlich blieb sie aber doch in ihrer Wohnung, um wohl auf einen Anruf zu warten. Der Anruf kam kurz vor halb zehn abends, und innerhalb einer Viertelstunde hatte sie bereits ihre Garage angerufen, damit man ihren Wagen bringt. Sie rannte hinunter, sprang ins Auto und fuhr los.«

»Sie wissen wohl nicht, wohin sie fuhr?«

»Nein.«

Mason drehte den Geldschein wieder herum und fragte: »Aber Sie wissen, woher der Anruf kam, ob es ein Orts- oder Ferngespräch war?«

»Ich lausche nie bei Telefongesprächen. Das ist verboten, und man könnte mich einsperren, wenn ich irgendwelche

Auskünfte über das geben würde, was ich am Telefon mitgehört habe.«

»Sicher«, sagte Mason, »und das wollen Sie vermeiden, nicht wahr?«

»Ganz gewiß.«

»Also, dann reden Sie lieber über diesen Anruf«, sagte Mason. »Ich glaube, daß Sie damit, auf weitere Sicht gesehen, am besten fahren.«

Der Portier sagte verzweifelt: »Er kam aus Bear Valley.«

»Mann oder Frau?« fragte Mason.

»Eine Frau.«

»Und was wurde gesprochen?«

»Ich sage Ihnen doch, ich schalte mich nicht ein«, donnerte der Portier.

Mason grinste. »Woher wissen Sie dann, daß es eine Frau war?«

Der Mann wendete sich halb ab, zögerte und drehte sich dann wieder zu Mason um. »Also gut. Es war das kürzeste Gespräch, das ich je gehört habe. Die Fernvermittlung fragte nach Miss Keats und meldete einen Anruf aus Bear Valley. Ich läutete hinauf und wartete gerade lange genug, um sicher zu sein, daß sie das Gespräch entgegennahm. Ich lausche nie bei Telefongesprächen, aber ich bleibe so lange in der Leitung, bis ich sicher bin, daß die Verbindung geklappt hat, und dann sofort...«

»Ja, ja, ich verstehe«, unterbrach ihn Mason ungeduldig. »Aber diesmal war es etwas anders, nicht wahr?«

»Nein. Ich wartete auch diesmal nur so lange, bis die Verbindung in Ordnung war, und hörte aus Versehen das ganze Gespräch mit.«

»Wieso?«

»Es bestand nur aus einem Wort«, sagte der Portier. »Die Vermittlung verlangte Miss Keats und sagte, Bear Valley ruft. Ich weiß, daß der Anruf aus einem Münzfernsprecher kam, weil die Vermittlung fragte, ob sie mit Miss Keats spricht. Als diese sich meldete, sagte das Fräulein vom Amt ›bitte einen Moment‹, und dann hörte ich, wie sie zu jemand am anderen Ende der Leitung sagte: ›Das macht einen Dollar und fünfzehn Cent für drei Minuten.‹«

»Weiter!« befahl Mason.

»Ich hörte, wie das Geld hineingeworfen wurde und wie die Zentrale sagte: ›Hier ist Ihr Teilnehmer.‹ Bitte, glauben Sie mir, daß ich nur so lange eingeschaltet blieb, bis ich wußte, daß die Verbindung in Ordnung ist.«

Mason nickte.

»Aber es war das verrückteste Gespräch«, fuhr der Mann fort, »das ich je hörte. Niemand fragte, ›ist dort Miss Keats‹ oder ›hallo Marion‹ oder so etwas. Eine weibliche Stimme am anderen Ende der Leitung sagte ›Ja‹ und hängte ein.«

»Nur dieses eine Wort?«

»Ja, nur dieses eine Wort.«

»Und was geschah an diesem Ende der Leitung?«

»Sobald sie das gehört hatte, legte Miss Keats auf. Ich war völlig verblüfft. Ich konnte mir nicht vorstellen, daß das Gespräch schon beendet war. Aber ich hatte die Leitung noch nicht wieder frei gemacht, als Miss Keats schon ungeduldig den Hörer auf und nieder drückte. Ich schaltete mich wieder ein, und sie sagte: ›Rufen Sie mir die Garage an, und sagen Sie, man solle meinen Wagen sofort bringen.‹«

Mason übergab dem Mann die zwanzig Dollar.

Er griff danach.

»Haben Sie nicht etwas vergessen?« fragte Mason.

»Nein, das habe ich nicht«, antwortete der Portier wütend. »Je mehr ich darüber nachdenke, desto mehr glaube ich, daß Sie diejenigen sind, die mir danken sollten.«

13

Perry Mason, Della Street und Paul Drake hatten sich in einigen Zimmern des »Bear Valley Inn« mit Schreibtischen, Reiseschreibmaschinen, Diktaphonen, Übertragungsmaschinen und einer Assistentin für Della eingerichtet.

Wegen Dexter Cushings Bankgeschäften und wegen der Tatsache, daß der berühmte Perry Mason gegen den örtlichen District Attorney auftreten würde, wartete die ganze Gemeinde in fieberhafter Aufregung auf die kommende Vorverhandlung.

Mason ging in seinem Zimmer auf und ab. Er konzentrierte sich in letzter Minute nochmals auf alle Probleme, die aufgetaucht waren.

»Man muß dreieinhalb Stunden schnell fahren, um hierherzukommen, Paul«, sagte er zu Drake. »So lange hat es bei uns gedauert, und wir hatten ein ziemlich rasches Tempo.«

Drake nickte.

»Wenn Marion Keats irgendwann kurz vor neun Uhr fünfundvierzig ihre Wohnung verlassen hat, hätte sie gegen ein Uhr dreißig morgens hier eintreffen können. Burris wachte gegen zwei Uhr auf«, erklärte Mason weiter. »Es steht jetzt fest, daß der Revolver, der bei Carlottas Wagen gefunden wurde, die Mordwaffe ist. Sie gehört Harvey Delano, diesem jungen Rechtsanwalt, der Carlottas ständiger Begleiter ist.«

»Das belastet ihn aber trotzdem nicht«, meinte Drake. »Es gibt viele Zeugen dafür. Den Geschäftsführer eines Sportartikelgeschäftes zum Beispiel. Delano unterrichtete Carlotta im Schießen, und er ließ die Waffe bei ihr, damit sie üben könnte. Er kaufte ein Waffenreinigungsnecessaire in diesem Geschäft und gab es Carlotta mit Instruktionen, wie man den Revolver pflegt. Dieser Laden ist der Treffpunkt für einen sogenannten Klub von Neuigkeitsverbreitung. Die halbe Stadt kann praktisch bezeugen, daß die Waffe bei Carlotta war.«

Mason nickte nachdenklich, als Drake fortfuhr: »Also bleibt die Waffe an Carlotta hängen. Sie behauptet, sie hatte sie im Handschuhfach ihres Autos, aber das kann natürlich eine Ausrede sein, um ihre Mutter zu decken.«

Sie schwiegen eine Zeitlang, dann fragte Drake: »Wird Delano Carlotta in den Zeugenstand rufen? Sie hat dem Sheriff gegenüber Dinge behauptet, die ihre Mutter entlasten. Aber was geschieht, wenn sie als Zeugin auftritt?«

»Das wird Delano nicht wagen«, antwortete Mason. »Sie würden sie fertigmachen. Sie hat Geschichten erzählt, die einfach nicht stimmen. Sie weiß, daß sie gelogen hat, und die Polizei weiß das auch. Sie würde im Gericht herumstottern und sich damit selbst belasten.«

»Das stimmt. Die Autospuren beweisen, daß sie nicht vor Mitternacht nach Haus gefahren ist. Diese Spuren entstanden, nachdem es angefangen hatte zu frieren«, sagte Drake.

»Und die Fußspuren«, fügte Mason hinzu. »Spuren von kleinen, hochhackigen Schuhen führen von Carlottas Wagen zu ihrer Haustür und dann hinauf zur Veranda. Das sind nicht zu leugnende Beweise.«

»Betrachte es einmal so, Perry«, bemerkte Drake plötzlich, »denn so wird es auch der District Attorney ansehen. Carlotta kam nicht um elf nach Haus, wie sie behauptet, sondern gegen zwei Uhr morgens. Ihre Mutter wartete schon auf sie. Carlotta erzählte ihr, was passiert war. Mrs. Adrian kochte vor Wut. Kurzentschlossen ging sie hinüber, um Cushing die Meinung zu sagen. Er aber lachte sie aus. Das gab ihr den Rest. Sie wußte, wo Carlotta ihren Wagen stehengelassen hatte, und wußte, wo der Revolver lag.

Sie ging zum Auto, rannte zurück und erschoß Cushing. Dann kam sie nach Hause. So sieht's aus, Perry. Das ist die Theorie, auf die sich die Anklage stützen wird.«

»Na gut. Aber nachdem sie Cushing erschossen hatte, was tat sie mit der Waffe?« fragte Mason ihn.

»Sie versuchte, sie loszuwerden, und zwar so, daß sie niemand finden würde. Zuerst hatte sie vor, sie ins Handschuhfach zurückzulegen und...«

Drake unterbrach seine Ausführungen. »Warte mal«, sagte er zögernd, »sie konnte ja nicht zum Auto zurückgehen, ohne neue Spuren zu hinterlassen. Es... schau her, Perry, die ganze Sache ist unmöglich, wenn nicht Carlotta ihn erschossen hat... so muß es gewesen sein. Mrs. Adrian stand auf und sah in der Garage nach, ob Carlotta zu Haus war. Die Garage war leer. Also zog sie sich an und ging hinüber zu Cushing. Er war bereits tot. Sie suchte verzweifelt nach ihrer Tochter und nahm dabei den Weg, den Carlotta gefahren war. So kam sie zu dem Wagen.«

»Und anstatt direkt zurück nach Haus zu gehen, ging sie nochmals zu Cushing zurück?«

»Lach nicht. Sie muß es so gemacht haben. Vielleicht hat sie etwas gesucht, die Puderdose zum Beispiel«, beharrte Drake.

»Und diese Theorie befriedigt dich?« fragte Mason.

»Warum nicht, Perry? Ich glaube, daß es so war. So muß es einfach gewesen sein. Es ist die einzige Möglichkeit. Wenn man bedenkt, wo die Mordwaffe gefunden wurde. Und auch die Spuren ließen sich so erklären.«

»Na fein«, meinte Mason, »wenn es dich zufriedenstellt, werden wahrscheinlich auch die Geschworenen damit zufrieden sein.«

»Aber siehst du denn nicht, was du tust? Du wirfst Carlotta die ganze Sache in den Schoß«, gab Drake zu bedenken.

»Carlotta ist nicht meine Klientin. Mrs. Adrian ist es.«

Paul Drake beobachtete ihn nachdenklich. Dann sagte er: »Du verheimlichst mir etwas, Perry.«

»Es gibt eine andere Erklärung, an die du nicht gedacht hast, Paul.«

»Welche?«

»Daß der Revolver nicht im Handschuhfach lag, wie Carlotta behauptet, nur um ihre Mutter zu schützen.«

Drake runzelte die Stirn. »Dann... dann muß Mrs. Adrian die Waffe bei sich gehabt haben, als sie zu Cushing hinüberging.«

Mason nickte.

»Um Himmels willen«, rief der Detektiv aus. »Das wäre Vorsatz. Dann hatte sie vor, ihn umzubringen, noch ehe sie zu ihm ging. Dann wäre sie also nur zu Carlottas Wagen gegangen, um die Waffe dort ins Gebüsch zu werfen, noch mal zu Cushing gegangen und dann nach Haus. Menschenskind, Perry, das stimmt mit allem überein: die Waffe, die Spuren, der Mord – alles.«

»Das ist, was der District Attorney glauben wird«, sagte Mason.

»Und du nicht?«

»Wir brauchen zwei Dinge, Paul. Die Frau, die geschrien hat, und die Person, die die hochhackigen Schuhe trug und von der die Spuren von Carlottas Wagen zum Landhaus Cushings und zurück, oder umgekehrt, stammen.«

14

Die ganze Gemeinde von Bear Valley hatte sich zur Voruntersuchung eingefunden.

Der vielen Reporter wegen, die auch von den Großstadtzeitungen erschienen waren, bemühte sich Richter Raymond Norwood noch mehr als sonst, eine Atmosphäre richterlicher Würde zu bewahren, die dieser wichtigen Gelegenheit entsprach.

Dexter C. Cushing hatte C. Creston Ives als zusätzlichen Ankläger engagiert. District Attorney Darwin Hale war verärgert, seine Lorbeeren mit diesem hochbezahlten Rechtsanwalt aus der Stadt teilen zu müssen. Doch die Macht Dexter

Cushings war durch sein Vermögen so groß, daß sich der Staatsanwalt seine Verärgerung nach außen hin nicht anmerken ließ.

Man konnte ziemlich rasch feststellen, daß C. Creston Ives trotz des weitverbreiteten Rufes, den er sich geschaffen hatte, kein Anwalt für Strafsachen war, sondern seine juristischen Erfahrungen in Steuersachen, mit Körperschaftsarbeit und durch Beratungen gesammelt hatte. Trotzdem bedeuteten sein Ruf und sein Name für Darwin Hale eine gewisse moralische Unterstützung. Dexter Cushing wollte der Gemeinde von Bear Valley beweisen, daß er von Belle Adrians Schuld überzeugt war und seinen Einfluß und sein Vermögen hinter die Anklage stellte.

In seinem Bereich hatte Darwin Hale schon einige Triumphe feiern können. Er war entschlossen, auch diesen Prozeß, in dem der berühmte Perry Mason auf der anderen Seite stand, zu gewinnen.

Hale begann seine Eröffnungsrede mit der für ihn charakteristischen Dynamik. Trotzdem ließ er erkennen, daß er sich vorgenommen hatte, in der Vorverhandlung nur das Notwendigste dafür zu tun, daß die Beschuldigte vor ein Schwurgericht gestellt werden würde. Mason, dem der Ruf vorausging, jede Vorverhandlung zu einem Ereignis zu machen, sollte sich wundern. Vielleicht gelang es Hale, ihn so weit zu bringen, daß er in einem letzten verzweifelten Versuch die Angeklagte in den Zeugenstand stellen müßte. Eine solche Entwicklung hätte der Anklage eine so große Genugtuung verschafft, daß Hale bereit war, alles dafür zu tun. Wenn Belle Adrian unter Eid aussagen müßte, wäre die Anklage ungeheuer im Vorteil, wenn der Fall vor das Schwurgericht käme.

Dr. Alexander L. Jeffrey wurde als erster Zeuge gerufen. Er sagte aus, daß er Arthur Cushing gekannt und ihn wegen eines gebrochenen Knöchels behandelt hatte. Er war am Dritten dieses Monats in Cushings Landhaus gerufen worden, und zwar gegen vier Uhr dreißig morgens. Er hatte Arthur Cushing tot vorgefunden. Die Todesursache war ein Revolvergeschoß, das in die Brust gedrungen war.

Soweit er durch seine sofort vorgenommene Untersuchung und bei der später durchgeführten Obduktion ermitteln konnte, war der Tod ungefähr zwischen zwei und drei Uhr am Morgen des gleichen Tages eingetreten.

Außerdem sagte er aus, daß bei der Obduktion ein Geschoß vom Kaliber .38 aus dem Körper des Toten entfernt wurde. Diese Kugel hatte den sofortigen Tod zur Folge. Sie war einem Ballistik-Experten zum Test und zur ordnungsgemäßen Identifizierung übergeben worden.

»Kreuzverhör«, sagte Hale schnippisch zu Mason.

»Wann hatte er sich den Knöchel gebrochen, Herr Doktor?« fragte Mason.

»Ungefähr zwei Wochen vor seinem Tode.«

»Wie heilte er?«

»Gut.«

»War das Bein in einem Gipsverband?«

»Ja, Sir, unterhalb des Knies.«

»Konnte er gehen?«

»Ja, mit Krücken.«

»Ohne Krücken auch?«

»Nein.«

»Konnte er sich in einem Rollstuhl bewegen?«

»O ja.«

»Aber er konnte noch kein Gewicht auf das verletzte Bein legen?«

»Nein.«

»Und was die Todeszeit betrifft, Herr Doktor, konnte er auch, sagen wir einmal, vor ein Uhr dreißig gestorben sein?«

Der Arzt schüttelte den Kopf und sagte dann nach einiger Überlegung: »Ich nehme an, daß die letzte Mahlzeit zwischen neun Uhr und neun Uhr fünfzehn eingenommen wurde. Diese Annahme basiert auf einer Aussage der Haushälterin, die das Essen gekocht und serviert hat. Auf den Verdauungsprozeß kann man sich ziemlich sicher verlassen, Mr. Mason. Die Speisereste im Körper des Toten ließen darauf schließen, daß der Tod ungefähr fünf Stunden nach der letzten Mahlzeit eingetreten ist.«

»Dann wissen Sie also über die Todeszeit nur etwas, das auf Hörensagen beruht«, sagte Mason mit Nachdruck.

»Nein, Sir, so ist das nicht. Ich glaube, daß er schon zwischen zwei und drei Stunden tot war, als ich ihn fand.«

»Aber als ich Sie zuerst fragte, Herr Doktor, zogen Sie Ihre Schlüsse aus der Zeit, die seit der letzten Nahrungsaufnahme vergangen war.«

Der Arzt rutschte unbehaglich auf seinem Stuhl hin und her. Dann sagte er: »Die Temperatur der Leiche, die natürlich auch ein Faktor bei der Feststellung der Todeszeit ist, zeigte an... also, ich würde sagen, der Mann war zwei Stunden tot, bevor ich meine erste Untersuchung durchführte.«

Mason dachte einen Augenblick über diese Aussage nach, dann nickte er langsam und sagte: »Danke, das ist alles, Herr Doktor.«

Dr. Jeffrey wollte den Zeugenstand verlassen.

»Einen Moment«, hielt ihn Hale lächelnd zurück. »Mr. Mason ist als Meister des Kreuzverhörs bekannt. Deshalb möchte ich versuchen, seine Andeutungen durch eine oder zwei Fragen im nochmaligen Verhör klarzustellen.«

Er blickte hinüber zu Perry Mason, als wollte er sagen, du kannst mich gar nicht einschüchtern. Dann ließ er seinen Blick optimistisch über die Zuschauer, die fast ausschließlich auf seiner Seite standen, gleiten.

Darwin Hale kannte die meisten Leute persönlich. Als Einwohner von Bear Valley wünschten sie allein aus Lokalpatriotismus, daß ihr Mann den Fall gewinnt.

Darwin Hales Blick auf die Zuschauer schien zu sagen, wartet nur, Leute, paßt nur auf, wie ich die Sache schaukeln werde.

»Also, Herr Doktor«, wandte er sich an den Arzt. »Wie Mr. Mason schon bemerkte, stützte sich Ihre Angabe über die Todeszeit lediglich auf die Tatsache, daß Sie jemand informierte, wann das Essen serviert wurde?«

»Ja, Sir.«

»Aber Ihre spätere Aussage, die Sie beim Kreuzverhör machten, wonach die Beschaffenheit des Körpers selbst darauf deutete, daß der Tod ungefähr zwei Stunden vor Ihrer Untersuchung eingetreten sein mußte, diese Aussage basiert nicht auf etwas, was Ihnen jemand erzählt hat?«

»Nun... nein.«

»Ich glaube, das ist alles«, sagte Hale und lächelte Mason zu. »Ich wollte nur sichergehen, daß Sie den Zeugen verstehen, Herr Verteidiger.«

»Sehr nett«, meinte Mason freundschaftlich. »Ich denke, ich habe ihn verstanden. Ist Ihr Verhör damit beendet?«

»Ja. Das ist alles, Herr Doktor.«

»Einen Augenblick«, rief Mason, »nachdem Sie die Sache

so wichtig nehmen, Mr. Hale, und meinen Ruf als Meister des Kreuzverhörs kommentierten, werde ich lieber noch eine oder zwei Fragen im Kreuzverhör stellen.«

»Bitte schön«, sagte Hale, »tun Sie, was Sie nicht lassen können.«

»Aber meine Herren«, unterbrach sie Richter Norwood. »Versuchen wir doch, dieses Geplänkel zwischen den Parteien zu vermeiden. Bisher blieb Ihr Sarkasmus noch in Grenzen, aber die Erfahrung hat gelehrt, daß derartige Auseinandersetzungen zwischen den Anwälten leicht Ausmaße annehmen können, die der Würde des Gerichts Abbruch tun. Also unterlassen Sie das bitte, meine Herren.«

»Jawohl, Euer Gnaden«, sagte Mason. »Ich möchte gern noch ein paar Fragen an Dr. Jeffrey richten.«

»Dazu haben Sie das Recht. Bitte, fangen Sie an«, antwortete Richter Norwood.

»Also, Doktor, als Sie aussagten, daß Sie an Hand der Beschaffenheit des Körpers feststellen konnten, der Tod wäre zwei Stunden vor Ihrer ersten Untersuchung eingetreten, bezogen Sie sich, genau gesagt, worauf?«

»Auf die Temperatur zum Beispiel«, entgegnete Dr. Jeffrey unbehaglich. »Die Temperatur einer Leiche unterliegt einem bestimmten Grad der Abkühlung. Man kann den menschlichen Körper gut mit einer Klimaanlage vergleichen, Mr. Mason. Von Ausnahmefällen wie beispielsweise Fieber abgesehen, behält der lebende Körper eine fast gleichbleibende Temperatur von siebenunddreißig Grad. Nach dem Tode kühlt er mit einer Durchschnittsquote ab, die dem erfahrenen Mediziner eine sehr gute Schätzung der Todeszeit ermöglicht.«

»Sehr richtig«, sagte Mason. »Vielen Dank für Ihre Erklärung, Herr Doktor.«

Dr. Jeffrey nickte.

»Und wenn ich Sie recht verstehe«, fuhr Mason fort, »stellten Sie an Hand der Körpertemperatur fest, daß der Tod ungefähr zwei Stunden, bevor Sie Arthur Cushings Leiche zum erstenmal untersuchten, eingetreten war?«

»Ja, Sir.«

»Soviel ich weiß«, bemerkte Mason leichthin, »sinkt die Körpertemperatur nach dem Tode durchschnittlich einen halben Grad pro Stunde, stimmt das?«

Dr. Jeffrey kratzte sich nachdenklich am Kopf und rutschte unruhig auf seinem Stuhl herum. Endlich sagte er: »Ja, das stimmt. Es kommt natürlich auf die Umstände an.«

»Also darf ich annehmen«, folgerte der Verteidiger, »daß die Temperatur von Arthur Cushings Leiche ein Grad unter siebenunddreißig, also sechsunddreißig Grad betrug, als Sie sie zum erstenmal sahen?«

»Nein, das ist nicht exakt«, meinte der Arzt. »Ihre Schätzung ist ungenau.«

»In welcher Weise ist sie ungenau?«

»Ich habe die Temperatur nicht gemessen, als ich die Leiche zum erstenmal sah. Erst als der Leichnam an einen Ort geschafft wurde, wo ich eine ausführliche Untersuchung vornehmen konnte, habe ich ihn mit einem Thermometer gemessen.«

»Und wieviel später war das?«

»Schätzungsweise eine Stunde.«

»Dann muß ich also annehmen, daß die Temperatur zu dieser Zeit darauf schließen ließ, der Tod wäre vor drei Stunden eingetreten?«

»Nun... ja.«

»Warum zögern Sie, Doktor?«

»Ich wollte sicher sein, daß ich Ihre Frage richtig verstanden habe.«

»Aber jetzt haben Sie sie richtig verstanden?«

»Ja.«

»Und hat sie beantwortet«, fuhr District Attorney Hale dazwischen.

»Richtig. Er verstand sie und beantwortete sie«, sagte Mason. »Und deshalb, Herr Doktor, sind Sie nun auch sicher bereit, zu bezeugen, daß die Temperatur fünfunddreißigeinhalb Grad betrug, als Sie die Leiche tatsächlich gemessen haben?«

»Das habe ich nicht gesagt«, protestierte Jeffrey.

»Sie haben ausgesagt, die Temperatur ließ darauf schließen, daß der Tod ungefähr drei Stunden vorher eingetreten war.«

»Ja, Sir.«

»Und das war drei Stunden, bevor Sie die Temperatur mit einem Thermometer gemessen haben?«

»Ja, Sir.«

»Sie haben außerdem ausgesagt, daß die durchschnittliche

Minderung der Temperatur nach dem Tode einen halben Grad pro Stunde beträgt?«

»Nun ja, ich habe das ausgesagt, weil Sie es festgestellt haben.«

»Aber es ist richtig, nicht wahr?«

»Das kommt darauf an.«

»Worauf kommt es an?«

»Es richtet sich nach der Außentemperatur.«

»Ach so«, meinte Mason, »das haben Sie aber nicht gesagt, als ich diese Frage an Sie richtete.«

»Also normalerweise, als runde Schätzung genommen, ist eine Quote von einem halben Grad pro Stunde der Standard.«

»Ja natürlich, mit gewissen Einschränkungen«, sagte Mason liebenswürdig. »Wenn mich meine gerichtlich medizinischen Kenntnisse nicht im Stich lassen, und ich hoffe, Sie werden mich berichtigen, Herr Doktor, wenn ich etwas Falsches sage, liegt die äußerste Grenze, die diesen Temperaturrückgang beeinflussen kann, zwischen zehn und dreiunddreißig ein Drittel Grad. Alles, was darüber oder darunter liegt, hat einen radikalen Effekt auf den Leichnam, stimmt das?«

»Ja, das stimmt«, antwortete Doktor Jeffrey. »Ich habe diese Faktoren auch in Betracht gezogen«, fügte er stolz hinzu.

»Was meinen Sie?«

»Die Außentemperatur betrug minus fünf Grad. Das Fenster war zum Zeitpunkt, als der Tod eintrat, zerbrochen, so daß die Zimmertemperatur natürlich rapide sank. Das habe ich alles einkalkuliert.«

»Ich verstehe«, meinte Mason. »Haben Sie, ich meine Sie persönlich, die Außentemperatur gemessen?«

»Nein. Ich forderte die Berichte vom Wetteramt an.«

»Und woher wußten Sie, daß das Fenster zerbrochen war, als der Tod eintrat?«

»Na, das ist doch logisch, es...«

»Woher wußten Sie, daß die Fensterscheibe zerbrochen war, als der Tod eintrat?« donnerte Mason.

»District Attorney Hale sagte es mir«, antwortete der Arzt kleinlaut.

»Aha! Und sagte er Ihnen auch, woher er es wußte?«

»Er erzählte mir, daß der Zeuge Sam Burris den tödlichen Schuß und das Zersplittern von Glas hörte und sofort darauf zu Cushings Haus ging. Er entdeckte, daß die Scheibe herausgebrochen war. Er hat ausgesagt, daß das Zimmer in derselben Verfassung war wie bei meinem Eintreffen.«

»Wenn Sie also als Beantwortung auf eine Frage des Herrn District Attorney bezeugten, daß Ihre Angaben über die Todeszeit nicht auf Hörensagen beruhten, so haben Sie sich geirrt, nicht wahr?« fragte Perry Mason lächelnd.

»Nun, ich glaubte damals, daß die Frage ein bißchen gefährlich war«, erwiderte Jeffrey verärgert.

»Aber Sie verstanden sie?«

»Ja, ich verstand sie.«

»Und Sie beantworteten sie?«

»Ja, ich beantwortete sie.«

»Und Sie beantworteten sie falsch, nicht wahr?«

»Was hätte ich denn sonst tun können«, meinte Jeffrey. »Der District Attorney hat mir die Worte in den Mund gelegt, und beim Reden schienen sie mir korrekt. Sie...«

»Einen Moment«, fuhr Mason dazwischen, als der Arzt zögerte. »Sie wollen uns doch wohl nicht weismachen, daß Sie das aussagen, was der District Attorney von Ihnen verlangt, oder?«

»Nein, das habe ich nicht gemeint.«

»Es hörte sich aber so an.«

»Nein, so meinte ich es aber nicht. Mir war ziemlich unbehaglich zumute, als ich die Antwort gab... aber immerhin, Mr. Mason, schließlich kommt doch alles im Leben auf irgendwelche Schlußfolgerungen an, die wir auf Informationen Dritter stützen.«

»Ich verstehe«, lächelte Mason. »Ich habe diesen Punkt auch nicht als besonders wichtig betrachtet, Herr Doktor, bis der Herr District Attorney ihn so mit Nachdruck betonte. Dann erst entschloß ich mich, die wahren Begebenheiten herauszufinden. Vielen Dank, Doktor, das ist alles.«

Jeffrey verließ den Zeugenstand, als hätte er plötzlich Feuer gefangen.

Hale versuchte, seine Verlegenheit zu verbergen, indem er umständlich eine Reihe von Akten zu durchblättern begann.

»Wünscht die Anklage den Zeugen nochmals zu verhören?« fragte Mason, und seine Stimme klang übertrieben zuvorkommend und konziliant.

Aus den hinteren Reihen des Gerichtssaals ertönte ein Kichern.

»Kümmern Sie sich um Ihre Sachen, ich kümmere mich um meine«, rief District Attorney Hale ärgerlich über seine Schulter hinweg zu Mason. Aber er blätterte immer noch in seinen Dokumenten.

Richter Norwood klopfte energisch mit seinem Hammer auf den Tisch. »Das genügt, meine Herren! Das Gericht wird die Verhandlung jetzt für zehn Minuten unterbrechen.«

15

Mrs. Burris war über die Maßen neugierig. Die aktuellen Themen in den Zeitungen erschienen ihr blaß und farblos gegen den intimen Klatsch über die Leute in ihrer Nachbarschaft.

Sie genoß die zehnminütige Unterbrechung der Verhandlung sichtlich. Schließlich spielte ihr Mann in diesem Prozeß eine wesentliche Rolle. Sie konnte es sich einfach nicht verkneifen, ein paar Worte mit Hazel Perris, der Metzgersfrau, zu tuscheln.

Sie war anderer Ansicht als Hazel, die glaubte, daß die Adrians viel zu nett wären, um wirklich mit einem derartigen Fall in Verbindung gebracht zu werden.

»Vielleicht haben sie gerade deswegen damit zu tun«, meinte Mrs. Burris.

»Was meinst du damit, Betsy?«

»Na, du weißt doch, wie Arthur Cushing war, Hazel.«

»Was hat denn das damit zu tun?«

»Überleg doch mal! Was würdest du denn machen, wenn du bei einem Mann seiner Sorte zum Abendessen bist, und er läßt danach dein Nein einfach nicht gelten?«

»Ich würde ihm etwas an den Kopf werfen, damit seine Ohren wieder funktionieren«, erwiderte Hazel Perris mit grimmiger Entschlossenheit.

Mrs. Burris nickte zufrieden. »Siehst du. Und dasselbe hat Carlotta auch getan. Sie nahm den Spiegel dazu.«

»Du siehst das falsch«, widersprach Mrs. Perris. »Wenn sie den Spiegel nach ihm geworfen hätte, wäre sein Kopf zertrümmert, und er hätte Schnitte am ganzen Hals gehabt.«

»Wer sagt dir denn das?«

»Das ist doch logisch.«

Mrs. Burris tat so, als könne sie zu dieser Sache noch viel mehr sagen, wenn sie nur wollte. »Du kannst nicht immer danach gehen, was Experten in einem solchen Fall meinen«, sagte sie wichtigtuerisch.

»Jedenfalls soviel steht fest, Betsy, und das weißt du so gut wie ich. Dein Mann hat nicht behauptet, daß er den Schuß zuerst und dann das Glas klirren hörte.«

»Sam bringt so etwas manchmal durcheinander«, meinte Mrs. Burris wegwerfend.

»Auch in diesem Fall?« fragte Mrs. Perris hintergründig und mit gesteigertem Interesse.

»Wenn du mich fragst, hat Carlotta ihm ein paar heruntergehauen, den Spiegel nach ihm geschleudert und dann das Haus verlassen. Vielleicht hat sie nur die Lehne des Rollstuhls getroffen. Aber dann, als Carlotta ihrer Mutter erzählte, was passiert war, nahm sich Belle Adrian den Revolver und ging hinüber, um mit Arthur Cushing ein Wörtchen zu reden. Sicher wollte sie ihm nur Angst machen, aber er wird sie ausgelacht haben, und als sie den Revolver aus der Tasche zog, warf er mit dem gerahmten Bild nach ihr. Sie duckte sich, und dabei ging der Schuß los.«

»Alles Unsinn«, meinte Hazel Perris. »Bei Carlotta bin ich mir nicht ganz sicher, aber ihre Mutter hat bestimmt nichts damit zu tun. Die Mädchen heutzutage sind ganz schön clever. Man weiß nicht, was sich Carlotta dabei gedacht hat, sich so spät allein mit einem Mann dieser Sorte herumzutreiben. Aber Belle Adrian ist anders. Du kannst mich nie davon überzeugen, daß sie um zwei Uhr morgens in ein fremdes Haus gehen würde. Sie ist eine Dame. Sie hätte bis zum nächsten Tag gewartet.«

Mrs. Burris wollte gerade etwas erwidern, hielt sich aber noch rechtzeitig zurück.

»Wenn du die Menschen so gut kennen würdest wie ich«, setzte Hazel Perris ihre Ausführungen selbstgefällig fort, »dann wüßtest du, daß Belle Adrian nicht der Typ dazu ist. Ich habe als Bedienung gearbeitet, bevor ich hierherkam. Da hatte ich genug Gelegenheit, die Menschen durch und durch zu studieren.«

»Du mit deiner Erfahrung als Kellnerin«, höhnte Mrs. Burris. »Eines Tages werde ich dir beweisen, daß ich recht hatte. Ich kann dir jetzt noch nicht alles sagen, aber wenn der ganze Fall vorbei ist, werde ich dir einiges erzählen, worüber du staunen wirst. Du bist schließlich nicht die einzige, die Erfahrung mit Menschen hat oder einen Charakter beurteilen kann. Ich weiß auch ganz gut Bescheid.«

»Was meinst du damit, Betsy? Was kannst du mir erst erzählen, wenn der Prozeß vorbei ist?«

»Nichts«, sagte Mrs. Burris. »Ich muß jetzt gehen und Sam finden. Entschuldige mich bitte.«

Die sonst so mitteilsame und schwatzhafte Frau war plötzlich wie ausgewechselt, drehte sich um und eilte den Gerichtskorridor hinunter.

Einige Sekunden lang blickte Mrs. Perris ihr nach, wie sie den Gang hinunterwatschelte. Als sich die Metzgersfrau umdrehte, stand Sheriff Elmore direkt vor ihr.

»Na, Sie sehen so nachdenklich aus«, meinte er heiter.

Impulsiv nahm sie ihn beim Arm und geleitete ihn aus der Hörweite der anderen Gruppen im Korridor.

»Hören Sie mir gut zu, Bert Elmore«, begann sie, »haben Sie Sam Burris in die Zange genommen?«

»Sam Burris? O sicher. Wir haben die Frage der Todeszeit endgültig geklärt«, antwortete der Sheriff.

»Ich rede nicht von der Zeit. Ich frage Sie, ob Sie ihn richtig ausgefragt haben. Haben Sie alles aus ihm herausgekriegt, was er weiß?«

»Ich glaube ja.«

»Also wenn ich an Ihrer Stelle wäre, würde ich nichts glauben«, sagte sie. »Und wenn ich richtig überlege, würde ich meine Zeit gar nicht mit Sam Burris verschwenden, sondern mir seine Frau Betsy vornehmen.«

»Was meinen Sie damit?«

»Ich meine, daß Betsy Burris etwas über diesen Mord weiß und Angst hat, darüber zu sprechen, bevor der Prozeß zu Ende ist. Genau das hat sie mir nämlich eben erzählt. Und ich glaube, es handelt sich um etwas, was Belle Adrian noch mehr belastet.«

»Wie kommen Sie darauf?«

»Durch das, was sie selber geäußert hat. Ich sage Ihnen, Sheriff, holen Sie sich die Frau, aber lassen Sie Sam Burris nichts davon wissen. Sie soll in Ihr Büro kommen. Gehen Sie der Sache auf den Grund. Ich wette, Sie finden Informationen, die den ganzen Prozeß umwerfen.«

Sheriff Elmore zog die Augen zu einem Schlitz zusammen. Er fragte: »Was hat sie tatsächlich gesagt, Mrs. Perris?«

»Es war nicht nur, was sie gesagt hat, sondern mehr ihr Benehmen. Sie tat so geheimnisvoll. Und sie hat behauptet, sie wüßte etwas, was sie erst sagen könnte, wenn der Prozeß zu Ende ist.«

»Das hat sie gesagt?«

»Ja.«

»Hat sie angedeutet, daß Sam oder sie etwas verheimlichen?«

Mrs. Perris nickte.

»Danke, Mrs. Perris«, sagte der Sheriff und drehte sich abrupt um. Dann ging er den Gerichtskorridor zurück zum Eingang des Gerichtssaals, wo District Attorney Hale und Sonderankläger Ives sich miteinander unterhielten.

16

Als Richter Norwood das Gericht nach der Pause wieder zusammenrief, bat District Attorney Hale einen Ballistik-Experten vom Polizeikorps aus der Stadt in den Zeugenstand. Der Sachverständige war zu diesem Zweck der Gemeinde zur Verfügung gestellt worden.

Er sagte aus, daß er das tödliche Geschoß untersucht und mit einem Colt vom Kaliber .38, Nummer 740818, verglichen hatte und daß seiner Meinung nach das tödliche Geschoß aus dieser Waffe abgefeuert worden war. Er zeigte Fotografien eines Testgeschosses, das zum Vergleich mit dem tödlichen Geschoß aus der Mordwaffe abgefeuert worden war.

Als Mason erklärte, daß er auf ein Kreuzverhör dieses Zeugen verzichten würde, entstand eine kleine Sensation.

Der District Attorney, ebenfalls überrascht, rief Harvey Delano in den Zeugenstand.

Delano, schlank und drahtig, wirkte in seinem gutsitzenden Zweireiher viel besser als in seiner protzigen Cowboyausrüstung mit den hochhackigen, handgemachten Reitstiefeln, die seine sowieso kleinen Füße noch winziger erscheinen ließen.

»Euer Gnaden«, sagte Darwin Hale, »ich habe hier einen feindlich gesinnten Zeugen. Er ist der Rechtsanwalt der Tochter der Beschuldigten.«

Abrupt wendete er sich an Delano und sagte: »Ich richte Ihre Aufmerksamkeit auf einen Revolver, gekennzeichnet als Beweistück A. Ich frage Sie, ob Sie diesen Revolver schon einmal gesehen haben.«

Delano hatte sich offensichtlich auf seine Feuerprobe im Zeugenstand vorbereitet.

»Ich bin Carlotta Adrians Rechtsanwalt. In dieser Eigenschaft weigere ich mich, irgendwelche vertraulichen Mitteilungen meiner Klientin preiszugeben.«

»Ich will nicht, daß Sie mir vertrauliche Mitteilungen Ihrer Klientin bekanntgeben. Ich frage Sie auch nicht nach irgend etwas, was Sie von Ihrer Klientin wissen. Ich möchte lediglich von Ihnen erfahren, ob Sie diesen Revolver schon einmal gesehen haben«, fuhr Hale ihn an.

»Ja.«

»Wessen Revolver ist das?«

»Es ist meiner.«

»Wann haben Sie ihn zum letztenmal gesehen?«

Delano befeuchtete seine Lippen, blickte hilflos zum Richter hinüber und sagte dann: »Ich ließ diese Waffe bei Carlotta Adrian, die sowohl meine Klientin als auch meine Verlobte ist.«

»War dieser Revolver am Abend des Zweiten und am Morgen des Dritten dieses Monats im Besitz von Miss Adrian?«

»Das kann ich nicht sagen.«

»Wissen Sie, daß sie die Waffe nicht hatte?«

»Nein.«

»Wann hatten Sie den Revolver zum letztenmal?«

»Am Sonntag der vorangegangenen Woche.«

»Das ist alles«, sagte Hale.

»Im Augenblick kein Kreuzverhör«, meldete sich Mason. »Aber es kann sein, daß ich später noch eine Frage stellen möchte.«

Der stellvertretende Sheriff, der den Revolver gefunden hatte, wurde als nächster Zeuge aufgerufen. Er berichtete, daß er die Waffe in einem niedrigen Gebüsch, genau neun Meter fünfundsiebzig von Adrians Auto entfernt, gefunden hatte.

Wiederum verzichtete Mason auf ein Kreuzverhör.

Als nächsten Zeugen rief die Anklage Dexter C. Cushing auf. Er sagte aus, daß er der Vater des Verstorbenen sei.

Man sah ihm an, daß er seinen Schmerz zu unterdrücken versuchte. Mit zusammengekniffenen Lippen und einem entschlossenen Gesichtsausdruck bezeugte er, daß der zerbrochene Rahmen, den ihm der District Attorney zeigte, ein Teil des antiken Spiegels war, der schon seit Generationen seiner Familie gehörte. Er habe den Spiegel mit in das Landhaus nach Bear Valley genommen und seinem Sohn gesagt, er solle ihn im Wohnzimmer aufhängen. Der Zeuge hatte den Spiegel dann vorübergehend in die Garage gestellt.

»Kreuzverhör«, sagte Hale.

»Arthur Cushing war Ihr einziger Sohn?« fragte Mason.

»Ja.«

»Er wäre Ihr Universalerbe geworden?«

»Ja.«

»Sie sind Witwer?«

»Ja.«

»Sind Sie am Ausgang dieses Prozesses interessiert?«

»Natürlich.«

»Sie haben einen Anwalt bestellt, den prominenten C. Creston Ives, um den District Attorney in diesem Prozeß zu beraten?«

»Ja!« Dexter schrie dieses Ja fast.

»Zu dem Zweck, einen Schuldspruch der Angeschuldigten zu erreichen?«

»Ja.«

»Sie bezahlen Mr. Ives' Honorar?«

»Ja.«

»Und wünschen daher, daß die Angeschuldigte des Mordes für schuldig befunden wird?«

»Ja. Und ich hoffe, daß sie hingerichtet wird.«

»Weil Sie«, ergänzte Mason seinen Satz, »den Mord an Ihrem Sohn rächen wollen, nicht wahr?«

»Ja.«

»Ich nehme an, Sie könnten es nicht mit ansehen, daß der Mörder Ihres Sohnes unbestraft davonkommt?«

»Ich würde jeden Cent, den ich besitze, dafür ausgeben, daß Gerechtigkeit geübt wird.«

»Falls also die Angeklagte unschuldig sein sollte«, meinte Mason, »wäre all das Geld, das Sie dafür ausgeben, ihren Schuldspruch zu erzielen, gleichbedeutend mit einer Hilfe, den wirklichen Mörder entkommen zu lassen. Haben Sie je darüber nachgedacht?«

»Mr. Mason, kümmern Sie sich um Ihre Angelegenheiten, ich kümmere mich um meine.«

»Haben Sie je darüber nachgedacht?« wiederholte Mason.

»Nein. Und ich habe auch nicht vor, darüber nachzudenken. Die Angeklagte ist schuldig.«

»Und aus dieser Überzeugung heraus nehmen Sie jede Mühe auf sich, ihren Schuldspruch zu erreichen?«

»Warten Sie nur ab, bis Sie das gesamte Beweismaterial kennen«, fauchte Cushing.

»Danke sehr«, sagte Mason, »das ist alles. Ich schlage vor, daß auch Sie das Beweismaterial abwarten.«

Selbstbewußt verließ Cushing den Zeugenstand.

»Ach, nebenbei«, rief Mason, so als wäre ihm noch ein plötzlicher Gedanke gekommen, »noch eine Frage, die Sie gleich von dort aus beantworten können, Mr. Cushing. Kennen Sie eine Marion Keats?«

»Nein.«

»Hat Ihr Sohn je von ihr gesprochen?«

»Nein.«

»Danke sehr«, sagte Mason, und sein Lächeln verdeckte den Tiefschlag, den Cushings Antwort ihm soeben versetzt hatte. »Das ist alles. Danke sehr.«

»Rufen Sie Nora Fleming«, sagte District Attorney Hale.

Nora Fleming war eine junge Blondine, gut gebaut und attraktiv. Sie war von Arthur Cushing als Haushälterin angestellt worden. Offensichtlich war sie sehr ungern ins Gericht gekommen. Ihre großen blauen Augen niedergeschlagen und ihre Stimme so leise, daß man Mühe hatte, sie zu verstehen, begann sie langsam und widerwillig mit ihrer Aussage.

Arthur Cushing hatte ihr gesagt, daß er am Abend des Zweiten Besuch haben würde. Sie hatte das Abendessen vorbereitet, und der Besuch war in der Person von Carlotta Adrian angekommen. Ja, Carlotta war allein in ihrem Auto gewesen.

Die Haushälterin hatte den beiden das Abendessen serviert. Danach hatten Cushing und Carlotta, er in seinem Rollstuhl, zusammengesessen.

Dramatisch zog der District Attorney ein zerrissenes Kleidungsstück hervor.

»Haben Sie das schon einmal gesehen?«

»Ja, Sir.«

»Was ist das?«

»Das ist die Bluse, die Carlotta Adrian an diesem Abend trug.«

»Bitte, nehmen Sie die Bluse in die Hand und betrachten Sie sie sorgfältig«, forderte Hale die Zeugin auf.

»Jawohl, Sir.«

»Fällt Ihnen etwas daran auf?«

»Ja, Sir.«

»Was?«

»Der Riß vorn.«

»Und an dem Abend, als sie sie trug, war die Bluse nicht zerrissen?«

»Ganz gewiß nicht.«

»Um welche Zeit gingen Sie?«

»So gegen zehn Uhr fünfzehn. Ich hatte das Geschirr abgespült, dann fragte ich Mr. Cushing, ob ich noch etwas für ihn tun könne. Er sagte nein. Ich gab ihm Bescheid, daß ich um halb neun wiederkäme, um ihm sein Frühstück zu machen. Sie sahen sich Farbfilme an, als ich ging.«

»Um welche Zeit frühstückte er gewöhnlich?«

»Gegen neun Uhr.«

»Kreuzverhör«, rief Hale.

Mason betrachtete sie nachdenklich. Dann fragte er: »Sie sind Mrs. oder Miss Fleming?«

»Mrs. Fleming.«

»Sie sind also verheiratet?«

»Nein.«

»Witwe?«

»Geschieden.«

»Sind Sie schon lange hier?«

»Zwei Monate.«

»Wie lange kennen Sie Arthur Cushing schon?«

»Sechs Monate.«

»Arbeiteten Sie schon für ihn, bevor Sie nach Bear Valley kamen?«

»Nein. Sein Vater engagierte mich, nachdem ich hierherkam.«

Hale bereitete sich ganz offensichtlich schon auf einen Einspruch auf jede weitere Frage vor, aber Mason überraschte den Ankläger durch eine plötzliche Änderung seiner Vernehmungstaktik.

»Ist Ihnen der antike Spiegel bekannt, den Mr. Cushing senior in die Garage stellte?«

»Ja, Sir. Ich habe ihn schon abgestaubt.«

»War es ein schwerer Spiegel?«

»Ja, Sir.«

»Wieviel wog er, wissen Sie das?«

»Nein, Sir.«

»Ich werde Ihnen jetzt einen antiken Spiegel zeigen«, sagte Mason, »der, wie ich glaube, von der gleichen Art ist wie der in Cushings Garage. Bitte, sehen Sie sich ihn genau an und sagen mir dann, ob er ungefähr die gleiche Größe und das gleiche Gewicht wie der von Mr. Cushing hat.«

»Was soll das bedeuten?« rief Hale dazwischen.

»Ich versuche, ihr Erinnerungsvermögen zu testen«, erwiderte Mason.

C. Creston Ives stand auf. Man sah ihm den hochdotierten Modeanwalt direkt an. Gewöhnt, seine Worte genau zu überlegen, sagte er: »Euer Gnaden, wenn hier irgendein Versuch vorgenommen wird, muß er unter den ganz gleichen Bedingungen, wie sie zur Zeit des Verbrechens vorlagen, gemacht werden. Ich glaube jedoch nicht, daß die Verteidigung behaupten will, daß dieser Spiegel ein Duplikat des Spiegels aus der Garage ist.«

»Ein Duplikat?« fragte Mason erstaunt. »Nein, natürlich nicht. Ich weiß nicht, wie die Anklage darauf kommt, daß ich einen Versuch vornehmen will. Ich frage die Zeugin lediglich, ob der Spiegel in der Garage ungefähr dasselbe Gewicht hat wie der, den ich hier vorzeige.«

Die Zeugin hielt während dieser Debatte den Spiegel in ihrem Schoß, hob ihn von Zeit zu Zeit ein paar Zentimeter hoch, so daß sie sein Gewicht feststellen konnte, und dann sagte sie: »Ich glaube, das Gewicht...«

»Einen Augenblick«, unterbrach Richter Norwood. »Wollten Sie Einspruch gegen diese Frage einlegen, Mr. Ives?«

»Nein, Euer Gnaden. Ich glaube nicht. Ich habe nur das Gesetz bezüglich eines Testes oder eines Versuches kommentiert.«

»Die Anklage hat völlig recht damit«, lächelte Mason liebenswürdig. »Aber momentan teste ich tatsächlich nur das Erinnerungsvermögen dieser Zeugin.«

»Los, beantworten Sie die Frage«, fuhr er Nora Fleming an.

»Er wiegt ungefähr genausoviel und ist ungefähr gleich groß«, antwortete sie leise.

»Danke«, sagte Mason. »Das ist alles. Der Spiegel wiegt achtundzwanzig Pfund.«

»Das Gericht wird sich bis vierzehn Uhr vertagen«, ordnete Richter Norwood an. »Die Angeschuldigte bleibt im Gewahrsam des Sheriffs.«

Mason gab Paul Drake ein Zeichen.

Zusammen mit Della Street gingen sie in ein nahes Restaurant, wo bereits ein kleiner Imbiß vorbereitet war, der pünktlich zehn Minuten nach zwölf serviert wurde.

Als sie das Lokal betraten, sagte Mason: »Du hättest die Sache mit der Haushälterin herauskriegen müssen, Paul.«

»Damit sagst du mir nichts Neues«, entgegnete Drake kleinlaut. »Natürlich hätte ich sie mir auch trotz der Arbeit mit den Zulassungsnummern vor der Verhandlung aufs Korn nehmen müssen. Es tut mir leid, Perry.«

»Wir haben Zeit verschwendet«, sagte Mason. »Die Leute erzählten mir, daß der alte Cushing die Haushälterin eingestellt hat. Deshalb habe ich ihr auch nicht viel Beachtung geschenkt. Nun scheint es aber so, als wenn Arthur sie seinem Vater untergeschoben hätte.«

»Genau das hat er auch«, meinte Della Street. »Ich konnte zufällig während der Verhandlung Dexter Cushings Augen beobachten, als die Fleming aussagte. Wie sich herausstellte, daß sie Arthur schon eine ganze Weile kannte, schien er ehrlich überrascht.«

»Ja, das glaube ich gern«, grinste Mason. »Arthur wollte zwar, daß sie den Posten kriegt, aber sein Vater sollte ihr Gehalt bezahlen. Er ließ sie also kommen und wartete einen günstigen Moment ab. Das Weitere liegt auf der Hand.«

»Wenn die Zeitungen die Sache spitzkriegen, wird mancher über den Prozeß anders denken«, sagte der Detektiv.

»Das darf nicht passieren«, sagte Mason.

»Wieso?«

»Du mußt es einmal so betrachten: Der Tod trat irgendwann nach Mitternacht ein«, bemerkte Mason auf und ab gehend. »Durch den Frost konnte niemand zum Haus gelangen, ohne

Spuren zu hinterlassen. Diese junge Frau war nach Hause gegangen. Carlotta bestätigt, daß sie gegen zehn Uhr fünfzehn ging. Das dürfte auch stimmen.«

»Sicher, aber sie konnte zurückkommen und Cushing erschießen.«

»Nicht, ohne Spuren zu hinterlassen«, konterte Mason.

»Aber paß doch einmal auf, Perry, eine Kugel hinterläßt keine Spuren. Es wäre denkbar, daß sie Arthur Cushing durch das Fenster vom Weg aus erschossen hat.«

»Die Kugel hätte das Fenster durchlöchert«, sagte Mason. »Außerdem stand der Rollstuhl so, daß Cushing mit dem Rükken zum Fenster saß. Die Kugel aber war in seiner Brust.«

»Der Rollstuhl könnte ja hinterher umgedreht worden sein«, gab Drake zu bedenken.

»Er ist nicht bewegt worden. Paul, ich will einmal so sagen, er wurde nicht mehr bewegt, nachdem das Fenster und der Spiegel kaputt waren. Ich habe die Gummiräder des Rollstuhls sorgfältig untersucht. Nirgendwo hatten sich Scherben eingefahren. Wäre er aber bewegt worden, müßte irgendein kleines Stückchen Glas in die Räder gedrungen sein.

Und noch eines müssen wir in Betracht ziehen: um Cushing von der Straße aus zu erschießen, müßten wir es mit einem Experten zu tun haben. Der nächste Platz, wo ein Mensch auf der Straße gestanden und Cushing erschossen haben könnte, ist immerhin fünfundvierzig Meter entfernt.«

Der Kellner brachte das Essen, und Della Street paßte auf, daß es richtig serviert wurde. Sie signierte die Rechnung und gab dem Ober zwei Dollar Trinkgeld.

»Es muß einen Grund geben, weshalb der Spiegel geworfen wurde«, begann Mason nochmals. »Das ist der wirklich interessante Punkt in diesem Fall, Paul. Hier müssen wir unsere Verteidigung aufbauen.«

»Ich sehe nicht, wie dir das helfen könnte«, sagte Drake. »Er ist eben geworfen worden.«

»Und weshalb?«

»Nun, da gibt es zwei Theorien«, erwiderte Drake. »Erstens kann Cushing ihn nach jemand geworfen haben. Zweitens kann ihn jemand nach Cushing geworfen haben. Der District Attorney wird von der Überlegung ausgehen, daß Cushing den Spiegel nach einem Angreifer warf.

Ich habe ein paar interessante Informationen für dich. Willst du sie jetzt hören, Perry?«

»Heraus damit, aber laß uns trotzdem anfangen zu essen.«

»Zunächst einmal«, begann Drake, »haben wir alle Telefonate aus Münzfernsprechern, die mit Marion Keats geführt wurden, nachgeprüft. Wir fanden die Zelle, aber das hilft nichts. Es ist eine Garage, die um neun Uhr schließt, ziemlich nahe beim Landhaus Cushings. Vor der Tür steht eine Telefonzelle, die ständig geöffnet ist. Irgendwer hat dort um neun Uhr zwanzig telefoniert.«

Mason überlegte einen Augenblick, dann sagte er nachdenklich: »Das bedeutet, daß jemand Cushing beobachtet haben muß, jemand, der Marion Keats anrief, um ihr zu sagen, daß er mit Carlotta zusammen war.«

»Es gibt absolut keine Möglichkeit, jemals herauszufinden, wer das war«, sagte der Detektiv. »Die Garage war geschlossen. Diese Person schlüpfte in die Telefonzelle, gab ihre Nachricht durch und verschwand.«

»Hast du sonst noch was auf Lager, Paul?«

»Ja. Als der Sheriff zu Carlottas Wagen ging, um Fingerabdrücke zu suchen, fand er die von Carlotta, die ihrer Mutter und einen frischen Abdruck auf dem Türgriff, den er nicht identifizieren konnte. Es ist offenbar der Abdruck eines rechten Daumens. Ich habe dir eine Fotokopie davon verschafft. Wir bekommen sie, bevor die Verhandlung weitergeht.«

»Sonst noch etwas?« fragte Mason.

»Das dritte«, meinte Drake, »ist wahrscheinlich nicht so wichtig. Der Sheriff hat Mrs. Burris in die Zange genommen.«

Mason zog die Stirn in Falten: »Warum, zum Teufel, hat er das getan?«

»Na ja«, meinte Paul Drake, »es könnte ja sein, daß zwischen ihrer und Sams Aussage eine kleine Diskrepanz besteht, die der District Attorney bis zum Nachmittag ausgebügelt haben möchte.«

Mason schüttelte den Kopf. »Er braucht Mrs. Burris nicht im Zeugenstand, um zu beweisen, was geschehen ist. Überdies wäre die Aussage der Ehefrau nur eine Ergänzung.«

»Aber der Sheriff hat sie tatsächlich ganz schön bearbeitet«, meinte Drake.

Mason dachte nach.

Das Telefon läutete.

Della Street nahm den Hörer ab und gab ihn an Paul Drake weiter. »Es ist einer Ihrer Männer«, sagte sie. »Er hätte einen heißen Tip, sagt er.«

Drake nahm den Hörer. »Okay, schieß los«, sagte er. Er lauschte eine Weile, dann sagte er: »Halte sie unter Beobachtung und verlier sie nicht aus den Augen.« Dann legte er den Hörer auf.

»Was ist los?« wollte Mason wissen.

»Der District Attorney ist unten im Speiseraum«, antwortete Drake. »Vor ein paar Minuten rief ihn der Sheriff an. Es schien sich um etwas zu handeln, was dem District Attorney sehr gelegen kam. Er erzählte es gleich Creston Ives, und die beiden sahen aus, als hätten sie in der Lotterie gewonnen. Sie sind so aufgeregt, daß sie kaum reden können, und schlingen ihr Essen hinunter, damit sie noch Zeit haben, vor zwei Uhr etwas zu erledigen... vielleicht hängt es mit der Geschichte von Mrs. Burris zusammen.«

»Mrs. Burris soll eine ziemlich bekannte Klatschbase sein, eine von der Sorte, die nichts für sich behalten kann«, warf Della Street ein.

Mason überlegte. »Natürlich könnte es sein, daß Sam Burris versucht hat, Mrs. Adrian zu schützen, und seine Frau hat jetzt die Katze aus dem Sack gelassen.«

Er wandte sich an Drake: »Paul, wenn jemand in diesem Staat einen Führerschein beantragt, verlangt die Polizei gewöhnlich den rechten Daumenabdruck, nicht wahr?«

Drake nickte. »Ja, er kommt auf den Führerschein.«

»Dein Mann hat die Fotokopie des unbekannten Fingerabdrucks. Versuch, ein paar befreundete Polizisten zu bewegen, den Führerschein von Marion Keats zu überprüfen, bevor sie heute nachmittag ins Gericht kommt. Vergleiche die beiden Abdrücke und sieh nach, ob es ihrer ist... das kann der wichtigste Punkt im ganzen Prozeß sein. Setz dich gleich mit ihnen in Verbindung und mach ihnen Dampf. Ich lasse auch ein paar Dollar springen, wenn es sein muß.«

Mit einem belegten Brot in der Hand, angelte sich Drake das Telefon.

In diesem Moment wurde hastig an die Tür geklopft.

Della Street schob ihren Stuhl zurück. »Scheint einer zu sein, der es sehr eilig hat«, sagte sie.

Mason grinste. »Ob wir wohl jemals in Ruhe essen können?« fragte er.

Della öffnete.

Carlotta Adrian kam hereingestürzt. Einen Augenblick war sie überrascht, Mason nicht allein vorzufinden, dann aber fing sie sich, ging direkt zum Tisch hinüber und stellte sich vor Mason.

»Mr. Mason, ich kann das nicht mehr aushalten. Ich muß mir verschiedene Dinge vom Herzen schaffen. Ich glaube, daß es für Mutter und uns alle besser ist«, sagte sie. »Sie müssen die Wahrheit erfahren und...«

»Halt! Einen Moment mal«, unterbrach Mason ihren Redeschwall. »Sie haben einen Anwalt.«

»Ach der«, meinte Carlotta. »Er ist ein netter Junge, aber er hat nicht soviel Praxis. Ich... ich halte sehr viel von ihm, aber... nun, schließlich handelt es sich um meine Mutter.«

»Also gut«, sagte Mason. »Lassen Sie uns über einen Punkt Klarheit erzielen: Wollen Sie Ihren Anwalt entlassen?«

»Himmel, nein!«

»Dann kann ich mich mit Ihnen nicht unterhalten, ohne daß er dabei ist.«

»Aber er würde außer sich sein, wenn er hier wäre. Er...«

»Er ist hier«, sagte Delano von der Türschwelle aus.

»Was ist los, Carlotta?« fragte er.

Sie drehte sich zu ihm um. »Ich wollte Mr. Mason etwas sagen, was er wissen muß.«

»Warum hast du es mir nicht gesagt, damit ich es ihm erzählen kann?«

»Weil ich es ihm sagen wollte und... nun, Harv, ich meinte...«

Er richtete sich mit der Würde eines Menschen auf, der noch jung genug ist, um sich selbst ernst zu nehmen.

»Zweifelst du an meinem Urteilsvermögen?« fragte er.

»Ich zweifle nicht an deinem Urteil, Harv. Du versuchst, alles für mich zu tun, mich zu beschützen, aber ich glaube, im Innern denkst du, daß meine Mutter Arthur Cushing erschossen hat, nicht wahr?«

»Das ist eine Frage, die ich nicht jetzt, nicht unter diesen

Umständen und nicht in dieser Gesellschaft besprechen möchte.«

»Aber es stimmt doch, nicht wahr? Du glaubst es doch?«

»Glaubst du es denn?«

»Harvey, ich weiß nicht. Ich weiß nur eines, nämlich, daß ich nicht will, daß man sie zur Schlachtbank führt, und es gibt einiges, was Mr. Mason wissen sollte.«

»Carlotta, ich habe dich bereits mehrmals gebeten, nicht mit irgend jemand zu sprechen. Ich möchte, daß du absolut still bist. Nicht einmal mir sollst du gewisse Dinge über diesen Fall erzählen.

Glücklicherweise kam ich zur rechten Zeit und hörte, was gesprochen wurde, sonst hätte ich geglaubt, Mr. Mason handelt unkollegial.«

»Es freut mich, daß Sie meine Lage klar sehen«, sagte Mason.

»Ich sehe sie, aber ich billige sie nicht«, fuhr Delano ihn an. »Sie blieben in den Grenzen des ethischen Benehmens, aber das ist auch alles. Sie hätten Carlotta auch sagen können, daß sie Vertrauen zu mir haben soll und daß ich schon wüßte, was ich tue.«

»Ich weiß doch nicht, ob Sie wissen, was Sie tun«, entgegnete Mason lächelnd.

»Sind Sie sich darüber im klaren, daß Sie mich vor meiner eigenen Klientin kritisieren?«

»Sie haben mich kritisiert«, sagte Mason. »Ich habe lediglich eine Bemerkung hinsichtlich Ihrer Ausführungen gemacht.«

Harvey Delano wandte sich an Carlotta. »Komm, Carlotta, du gehst mit mir.«

»Aber Harv, ich möchte dir etwas sagen, und ich möchte Mr. Mason etwas sagen.«

»Sag es mir zuerst. Dann werde ich entscheiden, ob diese Information an Mr. Mason weitergegeben werden soll.«

»Es sieht so aus«, meinte Mason, »als hätte Ihre Klientin nicht das richtige Vertrauen zu Ihnen.«

»Kümmern Sie sich um Ihre Sachen und um Ihre Klientin, ich kümmere mich um meine«, wetterte Delano. »Ich habe Carlotta gesagt, ich will nichts hören, bis ich nicht weiß, wie weit der Sheriff informiert ist. Über die geschäftliche Verbindung hinaus, Mr. Mason, habe ich zu Carlotta eine persönliche Bindung. Ich wäre Ihnen sehr dankbar, wenn Sie darauf mehr Rücksicht nehmen würden.«

Mason ging hinüber und hielt die Tür auf. »Miss Adrian ist einundzwanzig Jahre und damit majorenn. Sie kann sich ihre Anwälte und auch ihre Freunde selbst heraussuchen und in beiden Fällen die Verantwortung dafür tragen.«

Delano drehte sich mit einem Ruck zu Mason um. Er schnaubte: »Fällt Ihnen nichts Besseres ein?«

»Das ist sogar mehr als das Beste. Guten Tag«, antwortete Mason heiter.

Harvey schob Carlotta vor sich her. »Komm, Carlotta!«

Die Tür fiel hinter ihnen zu.

»O weh«, meinte Della Street, ergriff eine Speisekarte und tat, als fächele sie sich Luft zu.

»Dieser Bursche ist noch jung«, sagte Drake. »Und wo andere Leute ihr Gehirn haben, hat er Stroh.«

Mason stand nachdenklich an der Tür, die Füße weit auseinandergespreizt und die Hände in den Jackettaschen.

»Nun?« fragte Paul Drake.

»Ich wünschte, ich wüßte, was es war«, sagte der Rechtsanwalt.

»Sie meinen, was Carlotta Ihnen sagen wollte?« fragte seine Sekretärin.

»Nein. Ich meine, was Delano verhindern wollte, daß ich es erfahre«, antwortete Mason.

17

Als das Gericht die Nachmittagssitzung eröffnete, spiegelte sich in den Gesichtern der Anklagevertretung eine freudige Erwartung, die sofort für jeden im Gericht spürbar wurde.

Della Street reichte Perry Mason einen Zettel, als Richter Norwood gerade seinen Platz einnahm. Auf dem Zettel stand:

Mein Gott, Perry, es tut mir leid. Es ist nicht ihr Daumenabdruck. Ich hätte mir den Kopf herunterschneiden lassen, daß er es ist.

Mason zerknitterte das Papier, schob es tief in seine Seitentasche, wandte sich an Della Street und flüsterte: »Gut, Della. Sagen Sie ihm, er soll es bei der Haushälterin versuchen. Es könnte auch ihr Abdruck sein.«

Darwin Hale erhob sich.

»Mein nächster Zeuge, Euer Gnaden, wird Sheriff Elmore

sein. Es ist möglich, daß ich ihn später noch einmal rufen muß, aber im Augenblick möchte ich nur gewisse Dinge klarstellen«, sagte er.

»Sehr gut«, antwortete Richter Norwood.

Sheriff Elmore trat in den Zeugenstand.

»Hatten Sie am Sonntag, dem Dritten dieses Monats, Gelegenheit, das Haus zu durchsuchen, das der Angeschuldigten dieser Verhandlung, Mrs. Belle Adrian, gehört und von ihr bewohnt wird?«

»Jawohl, Sir.«

»Was fanden Sie als Resultat Ihrer Durchsuchung, Sheriff?«

»Ich fand eine zerbrochene Puderdose.«

»Wo fanden Sie sie?«

»In der Spitze eines Reitstiefels, mit Watte bedeckt.«

»Haben Sie die Puderdose bei sich?«

»Ja, Sir.«

»Ist das die Dose?«

»Ja.«

»Euer Gnaden, ich beantrage, daß dies als... also der Revolver war Beweisstück A, die Kugel war Beweisstück B. Dies wird Beweisstück C werden.«

»Kein Einspruch«, erklärte Mason liebenswürdig.

»Haben Sie sonst noch etwas gefunden?«

»Ein Paar Schuhe.«

»Haben Sie sie bei sich?«

»Ja, Sir.«

»War an diesen Schuhen irgend etwas Ungewöhnliches?«

»Ja, Sir. Sie waren frisch geputzt.«

»Was fanden Sie an diesen Schuhen?«

»Auf der Sohle des rechten Schuhes fand ich einen kleinen, aber deutlichen Blutfleck. Das Blut war zwischen Sohle und Oberleder eingedrungen. Unter den Sohlen beider Schuhe fand ich kleine Glasteilchen, die in das Leder eingetreten worden waren.«

»Konnten Sie dieses Glas identifizieren?«

»Jawohl, das konnte ich.«

»Wie?«

»Durch eine spektroskopische Analyse.«

»Können Sie mit einem Spektroskop zum Zwecke einer Analyse umgehen?«

»Nein, Sir. Aber ich war anwesend, als ein Sachverständiger, der das jederzeit bezeugen kann, diese Analyse vornahm. Ich sah die Resultate mit eigenen Augen. Ein Teil des Glases in diesen Schuhen kam von dem antiken Spiegel. Das Glas dieses Spiegels war nach einem veralteten Rezept angefertigt worden und enthielt gewisse Substanzen, die man in modernem Glas nicht mehr findet.«

»Ich beantrage, daß diese Schuhe als Beweisstücke aufgenommen werden«, sagte Hale. »Der linke Schuh ist D 1, der rechte ist D 2.« Der District Attorney schielte zu Mason hinüber.

»Kein Einspruch«, sagte Mason beiläufig, »keinerlei Einspruch.«

»Was?« schrie Hale verwundert.

»Ich sagte, kein Einspruch«, wiederholte Mason. »Wir sind gern gewillt, diese Schuhe als Beweisstücke aufzunehmen.«

Ganz offensichtlich war das eine große Überraschung für die Anklage. Sie hielten eine geflüsterte Konferenz ab, dann sagte Hale: »Ich habe noch eine oder zwei Fragen an den Sheriff.« Er wandte sich an Elmore.

»Haben Sie die Reste der Fensterscheibe aus dem Landhaus Cushings untersucht?«

»Ja, Sir.«

»Fanden Sie irgendwelche Teile, in die ein Geschoß eingedrungen war?«

»Nein, Sir.«

»Haben Sie die Räder des Rollstuhls geprüft?«

»Ja, Sir.«

»Waren Scherben in den Reifen?«

»Nein, Sir. Darf ich noch folgendes bemerken: die Position des toten Körpers und der Lauf des Geschosses ließen darauf schließen, daß die Kugel nicht durch das Fenster gekommen sein konnte, es sei denn, der Rollstuhl wäre woanders hingeschoben worden. Aus diesem Grunde ließen wir ihn sehr vorsichtig in die Höhe heben.«

Hale nickte zustimmend. »Sehr gut gemacht, Sheriff«, sagte er. Dann fuhr er fort: »Ich möchte Sie jetzt bitten, dem Gericht genau zu schildern, was Ihre Untersuchung dieses Zimmers ergab. Beschreiben Sie nur, was Sie vorfanden und in welchem Zustand Sie es vorfanden.«

»Über den ganzen Fußboden verstreut lag Glas«, begann der Sheriff. »Wir entdeckten mindestens fünf verschiedene Glassorten.«

»Welche?«

»Ein zerbrochener Spiegel, der wahrscheinlich so geworfen wurde, daß er das Fenster traf und einschlug. Die Scherben des Spiegels und des Fensters lagen überall herum, einige Scherben waren hinausgefallen und lagen auf der Erde.«

»Gut, das sind zwei. Welches andere Glas fanden Sie noch?«

»Ein großes, gerahmtes Bild. Es muß von der Wand heruntergefallen sein, als der Spiegel geschleudert wurde. Auch die Scherben dieses Bilderglases lagen überall verstreut. Trotzdem konnten wir es genau erkennen und von den anderen Scherben unterscheiden. Es war dünner als das Fensterglas.«

»Schön. Jetzt haben wir drei verschiedene Glassorten.«

»Dann war da noch dünnes silbriges Glas von einem kleinen Spiegel. Es gelang uns, alle diese Teile auf einem Stück durchsichtigen Klebepapier zusammenzusetzen, so daß die Klebestellen und beide Seiten des Spiegels zu sehen waren. Dieser Art haben wir den kompletten Spiegel rekonstruiert.«

»Haben Sie ihn bei sich?«

»Jawohl, Sir.«

Der Sheriff griff in die Tasche und zog einen kleinen, sorgfältig mit Tesafilm zusammengehaltenen Spiegel heraus.

»Das fanden Sie im Zimmer, wo die Leiche lag?«

»Ja.«

District Attorney Hale sah triumphierend zu Mason hinüber. »Euer Gnaden«, sagte er, »da wir behaupten, daß dieser Spiegel aus der Puderdose stammt, die als Beweisstück C aufgenommen wurde, stelle ich den Antrag, daß er als Beweisstück C 2 aufgenommen wird.«

»Kein Einspruch«, sagte Mason.

»Genehmigt«, entschied das Gericht.

»Euer Gnaden, ich möchte Sie bitten, die Puderdose und den Spiegel in die Hand zu nehmen und zu sehen, wie genau der Spiegel in die Dose paßt.«

Richter Norwood machte diesen Test. Offensichtlich war er beeindruckt. Langsam nickte er mit dem Kopf.

»Also«, fuhr Hale fort, »haben wir vier verschiedene Glasquellen nachgewiesen. Die Fensterscheibe, den antiken Spiegel, das gerahmte Bild und den Spiegel aus der Puderdose. Welches war die fünfte, Sheriff?«

»Das war ziemlich leicht zu unterscheiden«, erwiderte Elmore. »Ein Glas, wahrscheinlich ein Cocktailglas, lag zerschmettert am Fußboden.«

»Wie waren die einzelnen Teile dieses Glases verstreut, Sheriff?«

»Nun, es schien einfach überall herumgeflogen zu sein. Man konnte nicht erkennen, was verursacht hatte, daß ...«

»Das ist auch unwichtig, Sheriff. Ich wollte nur etwas über die Verteilung der Scherben dieses Cocktailglases wissen«, fuhr ihn Hale an.

»Sie lagen genau an der rechten Seite des Rollstuhls. Die Scherben von dem Puderdosenspiegel lagen auch dort. Die andern Scherben lagen überall. Am meisten natürlich am Fenster. Der Rollstuhl stand ungefähr einen Meter fünfzig bis zwei Meter vom Fenster entfernt, aber auch bei ihm lagen die Scherben herum. Alle Scherben waren im Zimmer verstreut, so als hätte es einen Kampf gegeben.«

District Attorney Hale wandte sich wieder dem Gericht zu. »Euer Gnaden«, sagte er, »es gibt noch ein Stückchen Glas, das ich als Beweisstück anmelden möchte. Ein Stück Glas, das der Sheriff im Reifen von Adrians Auto fand. Der Sheriff hat es im Augenblick nicht dabei. Ich bitte um Erlaubnis des Gerichtes, den Sheriff später noch einmal als Zeugen aufzurufen.«

»Dem Antrag wird stattgegeben«, entschied Norwood.

»Dann können Sie jetzt mit dem Kreuzverhör beginnen«, sagte Hale zu Mason.

»Also das Glas lag im Zimmer verstreut, so als hätte es einen Kampf gegeben?« fragte Mason.

»Das stimmt, Sir.«

»Wann fand dieser Kampf statt, bevor das Glas zerbrochen wurde oder hinterher?«

Der Sheriff grinste trocken. »Wenn das verstreute Glas das Resultat eines Kampfes war, dann muß dieser Kampf wohl stattgefunden haben, nachdem das Glas zerbrochen war.«

»Genau«, erwiderte Mason. »Aber während Sie rund um den Rollstuhl überall Scherben vorfanden, konnten Sie doch keine einzige in den Gummirädern des Rollstuhls finden, nicht wahr?«

»Nein, Sir.«

»Die Räder waren doch wohl weich genug, daß sich Glas in ihnen festgefahren hätte?«

»O ja. Es war ein weicher, schwammiger Gummi. Keine pneumatischen Reifen.«

»Also war Arthur Cushing an dem Kampf nicht beteiligt?«

»Es ist ja möglich, daß er bereits tot war«, meinte Elmore trocken.

»Ihre Annahme ist also, daß Cushing bereits erschossen war, als der Kampf stattfand?«

»Sicherlich.«

»Einer der beiden Kämpfenden muß dann der Mörder gewesen sein!«

»Das ist anzunehmen, Mr. Mason.«

»Und wer war der andere?«

»Das kann ich natürlich nicht sagen.«

»Aber es gibt doch nur eine Fußspur, die vom Haus wegführt«, stellte Mason fest.

»Ja, da haben Sie recht«, gab Elmore zu. »Ich spreche nur von den physikalischen Tatsachen, Mr. Mason, und von den Indizien, die vorliegen.«

»Ich gehe doch mit der Annahme richtig, daß Sie die Spuren sehr sorgfältig geprüft haben, Sheriff?«

»Ja, das haben wir, Sir.«

»Wie viele Spuren fanden Sie?«

»Die von Mrs. Adrian – Verzeihung, Mr. Mason, daß ich eine Schlußfolgerung ausspreche. Dann gab es die Spuren zwischen dem Haus Adrians und Cushings, aus denen man nur unschwer erkennen konnte, daß die Person, die sie verursacht hatte, folgenden Weg eingeschlagen haben muß: zuerst zur Vordertür, dann um das Haus herum und zur Auffahrt, danach zur Rückseite des Hauses und durch den Hintereingang hinein. Später an der gleichen Stelle hinaus und zurück zum Haus von Mrs. Adrian.

Dann gab es die andere Spur, von der Vordertür des Landhauses von Cushing zu dem Wagen, den Miss Adrian stehenließ, wieder zurück zum Cushing-Haus, oder umgekehrt. Schließlich war noch eine Spur vom Auto zum Adrian-Haus.«

»Mit anderen Worten«, sagte Mason, »die Person, die den Wagen Adrians fuhr und ihn dann stehenließ, ist von dort zu

Cushing gegangen, zum Auto zurückgekehrt und schließlich zu Adrians gelaufen. Stimmt das?«

»Ja, Sir.«

»Konnten Sie feststellen, ob alles die gleichen Spuren waren?«

»Es sah so aus. Sie hatten alle die gleiche Größe und stammten von hochhackigen Schuhen. Das dürfte alles sein, was man über die Spuren sagen kann. Die Absätze waren verhältnismäßig breit, nicht ganz so spitz, sondern mehr von vernünftigen Straßenschuhen.«

»Und die Spuren von Adrians zu Cushing?«

»Die können genausogut von denselben Schuhen stammen. Oder von Schuhen der gleichen Größe und Art.«

»Also, alles, was Sie herausfinden konnten«, sagte Mason, »ist die Tatsache, daß Sie zwei Spuren haben?«

»Das stimmt.«

»Gab es noch andere?«

»Nur die von Sam Burris, als er hinüberging zu Cushing, um zu sehen, was los ist. Dann natürlich die von mir und meinen Leuten. Aber ich darf behaupten, Mr. Mason, daß wir ganz besonders vorsichtig waren, das heißt, daß unsere Spuren keine anderen kreuzten oder verwischten. Wir liefen hintereinander und, soweit das möglich war, einer in den Spuren des anderen.«

»Also«, faßte Mason zusammen, »gab es Ihren Recherchen zufolge nur zwei Personen, die an einem Kampf teilgenommen haben könnten, falls einer stattgefunden hat. Eine davon ist die Frau, die die Spuren von Adrians zu Cushing hinterließ, und die andere war die Person, die die Spur vom Auto zu Cushing verursachte?«

»Jawohl, das stimmt, Sir.«

»Das sind die beiden einzigen Leute, die miteinander kämpfen konnten, nachdem der Mord verübt war?«

»Ja, Sir«, antwortete der Sheriff und fügte dann wichtigtuerisch hinzu: »Und ich darf noch darauf hinweisen, daß beide Spuren beim Haus von Mrs. Adrian endeten und daß Carlottas Bluse zerrissen war.«

»Danke, das ist im Moment alles«, sagte Mason.

Hale tuschelte einen Augenblick mit Ives und verkündete dann mit einem Anflug von Triumph, den er nicht verbergen konnte, daß seine nächste Zeugin Mrs. Burris sei.

Betsy Burris war offensichtlich sehr unbehaglich zumute, als sie in den Zeugenstand watschelte und vereidigt wurde. Sie gab ihren Namen und ihre Adresse an. Dann blickte sie mit mißtrauischen Augen auf den District Attorney.

»Ich richte Ihre Aufmerksamkeit auf die frühen Morgenstunden des Dritten dieses Monats«, sagte Hale. »Haben Sie zu dieser Zeit das Landhaus Cushings beobachten können?«

»Ja, Sir.«

»Weshalb?«

»Mein Mann hörte ...«

»Das ist unwichtig, was Ihr Mann hörte. Was veranlaßte Sie, hinüberzuschauen?«

»Na, mein Mann weckte mich.«

»Sprach er mit Ihnen?«

»Ja.«

»Gut. Und was taten Sie dann?«

»Ich stand auf und sah zum Landhaus der Cushings hinüber.«

»Wie spät war es?«

»Soweit ich sagen kann, war es gegen halb drei.«

»Was sahen Sie?«

»Es brannte Licht.«

»Benutzten Sie ein Fernglas?«

»Ja, eines mit dreißigfacher Vergrößerung.«

»Was konnten Sie erkennen?«

»Ein zerbrochenes Fenster. Das Glas lag auf dem Fensterbrett und teilweise auf der Erde.«

»Die Scheibe war also zerbrochen?«

»Ja.«

»Waren die Jalousien nicht heruntergelassen?«

»An diesem Fenster nicht.«

»Konnten Sie etwas hören?«

»Kurz bevor ich aufstand, hörte ich, wie eine Frau schrie.«

»Wissen Sie, wer diese Frau war?«

»Nein, Sir.«

»Und sahen Sie zu dieser Zeit irgend jemand in dem Haus?«

»Ja, Sir. Fünf oder zehn Minuten, nachdem wir den Schrei gehört hatten.«

»Erkannten Sie diese Person?«

»Ja, Sir.«

»Wer war es?«

»Mrs. Belle Adrian, die Angeklagte, die hier im Gerichtssaal sitzt.«

»Sie können mit dem Kreuzverhör beginnen«, sagte Hale.

Mason lächelte Mrs. Burris aufmunternd zu.

»Der District Attorney«, meinte er, »war sehr vorsichtig und versuchte, Sie davon abzuhalten, irgendwelche Beweise zu bringen, die auf Hörensagen beruhen. Aber zwischen uns beiden ist das nicht so wichtig. Was war es, was Ihr Mann Ihnen erzählte und was Sie veranlaßte, aufzustehen und zu Cushing hinüberzusehen?«

»Er glaubte, Glas klirren gehört zu haben und einen Schuß. Daraufhin wäre er aufgestanden und habe geschaut, aber nichts entdeckt.«

»Sie haben diese Geräusche nicht gehört?«

»Nein, Sir. Ich schlafe im Gegensatz zu Sam sehr fest.«

»Aber Sie standen auf, um nachzusehen?«

»Ja, ich wollte wissen, was los ist.«

»Ist das eine Gewohnheit von Ihnen?«

»Nun, wir ... wir hatten schon öfter Grund, hinüberzusehen«, meinte sie etwas beleidigt. »Dieses Fenster ist von keinem anderen als nur von unserem Haus zu sehen. Arthur Cushing hat nur selten seine Jalousien heruntergelassen und ...«

»Was sahen Sie bei anderen Gelegenheiten?«

»Einspruch. Diese Frage ist unwesentlich, unsachlich und unerheblich«, fuhr Darwin Hale dazwischen. »Sie gehört nicht zum Thema und ist kein ordnungsgemäßes Kreuzverhör.«

»Stattgegeben«, entschied Richter Norwood.

»Und bei dieser speziellen Gelegenheit sahen Sie Mrs. Belle Adrian«, fragte Mason, »die Angeklagte in diesem Prozeß?«

»Ja, Sir.«

»Sahen Sie sonst noch jemand?«

»Nein, Sir.«

»Konnten Sie erkennen, was sie tat?«

»Nun, ich sah, wie sie sich bückte, als wolle sie etwas aufheben. Ich bemerkte, wie sie ein- oder zweimal zum Fenster ging.«

»Ob sich ihre Lippen bewegten, so als spräche sie mit jemand, konnten Sie wohl nicht erkennen?«

»Nein, Sir.«

»Auch Ihr Mann nicht?«

»Nein.«

»Und weiter?«

»Nun, ich sah die zerbrochene Fensterscheibe und bestand darauf, daß mein Mann hinüberging. Er fand ...«

»Aber Sie wissen nicht genau, was er fand?«

»Nein, aber er erzählte es mir.«

»Ich glaube, wir lassen Ihren Mann besser selbst darüber berichten«, sagte Mason. »Das ist alles, Mrs. Burris. Vielen Dank. Ich wollte nur die Sachlage genau kennenlernen.«

»Ist Ihr Kreuzverhör damit beendet?« fragte Ives.

»Das ist alles«, antwortete Mason.

»Also gut«, sagte Hale. »Dann werde ich jetzt Mr. Sam Burris als nächsten Zeugen rufen. Ich bitte Euer Gnaden, zu bedenken, daß wir bisher natürlich nur versucht haben, dem Gericht einen Überblick über die Geschehnisse zu geben. In dieser Voruntersuchung haben wir nur zu beweisen, daß ein Verbrechen verübt wurde, und darüber hinaus durch Beweise glaubhaft zu machen, daß die Angeklagte dieses Verbrechen verübt hat. Daraufhin wird das Gericht einen Beschluß fassen, die Angeklagte vor ein Schwurgericht zu stellen. Diese Hauptverhandlung wird natürlich vor den Geschworenen geführt werden und ...«

»Sie brauchen das Gericht nicht zu belehren«, sagte Richter Norwood ungehalten. »Wir kennen das Gesetz. Fahren Sie ruhig mit Ihrer Verhandlung fort.«

»Jawohl, Euer Gnaden. Ich wollte dem Gericht nur klarmachen, weshalb ich noch nicht alles vorbringe, was ich habe.«

»Bringen Sie nur genügend Beweise, die dem Gericht Grund geben, die Angeklagte vor das Schwurgericht zu stellen«, sagte Richter Norwood streng, »sonst werden wir es nämlich nicht tun.«

»Keine Sorge«, sagte der Ankläger grimmig, »das werde ich schon.«

»Sie scheinen derjenige zu sein, der sich Sorgen macht«, sagte Richter Norwood. »Das Gericht kennt die Gesetze, und diese Tatsache dürfte Ihnen bekannt sein. Wenn Sie Ausführungen zur Belustigung der Zuschauer machen wollen, so tun Sie das. Aber nicht auf Kosten des Gerichts. Und jetzt rufen Sie bitte Ihren nächsten Zeugen.«

»Jawohl, Euer Gnaden«, antwortete Hale kleinlaut und niedergeschlagen. »Mr. Sam Burris, treten Sie bitte vor und erheben Sie die Hand zum Schwur.«

Sam Burris kam langsam vor. Er glich einer nassen Katze, die man beim Gewitter vor der Tür stehenließ.

District Attorney Hale strahlte jetzt kalte Ungnade aus.

»Sie haben am Morgen des Dritten dieses Monats zum Landhaus Cushings hinübergesehen?«

»Ja, Sir.«

»Um welche Zeit?«

»Ziemlich genau um halb drei, zwei Uhr fünfundzwanzig, glaube ich.«

»Was veranlaßte Sie, um diese Zeit dort hinüberzusehen?«

»Ich lag im Bett und konnte nicht schlafen. Plötzlich hörte ich Glas klirren und einen Schuß. Ich wunderte mich zwar über diese Geräusche, versuchte aber, wieder einzuschlafen. Schließlich ließ es mir doch keine Ruhe, so daß ich aufstand, um nachzusehen. Ich konnte aber nichts bemerken. Dann weckte ich meine Frau, und in diesem Augenblick hörten wir einen Schrei. Daraufhin schauten wir alle beide zum Fenster hinaus.«

»Und was sahen Sie?«

»Ich sah Licht bei Cushing, und ich sagte zu meiner Frau ...«

»Es ist uninteressant, was Sie zu Ihrer Frau sagten. Was Sie taten, möchte ich wissen«, schnauzte Hale ihn an.

»Ich sah hinüber und meine Frau ebenfalls.«

»Benutzten Sie ein Fernglas?«

»Ja. Eines mit dreißigfacher Vergrößerung.«

»Und was sahen Sie?«

»Ich sah die zerbrochene Fensterscheibe, den zerbrochenen Spiegel und Mrs. Adrian.«

»Die Beschuldigte in diesem Verfahren?«

»Ja.«

»Und weshalb haben Sie nicht vorher erwähnt, daß Sie die Angeklagte gesehen haben?«

»Oh, einen Moment, Euer Gnaden«, mischte sich Mason liebenswürdig ein. »Das ist ein Versuch, seinen eigenen Zeugen ins Kreuzverhör zu nehmen. Offenbar versucht die Anklage, ihn zu beschuldigen.«

»Ich bin geneigt, diesem Einspruch stattzugeben«, sagte Richter Norwood.

»Aber, Euer Gnaden, ich versuche lediglich, die Situation zu klären. Wenn ich es nicht tue, wird es Perry Mason beim Kreuzverhör tun«, sagte der District Attorney.

»Das wäre auch die geeignete Gelegenheit dafür beim Kreuzverhör«, meinte der Richter.

»Wie kommen Sie darauf, daß ich es tun werde?« fragte Mason den District Attorney.

»Das ist doch klar. Seien Sie doch nicht albern.«

»Ich bin nicht albern«, antwortete Mason. »Ich sehe nur keinen Grund, den Zeugen im Moment danach zu fragen, weshalb er die Aussage, die Beschuldigte gesehen zu haben, nicht schon früher gemacht hat. Ich bin mir nicht einmal sicher, ob Sie ihn danach gefragt haben. Haben Sie ihn gefragt, ob er die Angeklagte gesehen hat?«

Hale zögerte.

»Haben Sie ihn danach gefragt?« wiederholte Mason.

»Ich bin nicht Ihr Zeuge«, wetterte Hale. »Fragen Sie ihn doch.«

»Hat Sie der District Attorney jemals gefragt, ob Sie die Angeklagte bei Cushing gesehen haben?« fragte Mason.

»Ich erhebe Einspruch gegen diese Frage. Sie ist nicht in Ordnung, denn ich bin mit meinem Verhör noch nicht fertig«, schimpfte der District Attorney.

»Da haben wir es«, sagte Mason. »Sie haben mir doch gestattet, diese Frage an den Zeugen zu richten.«

»Ich habe es Ihnen nicht gestattet, ich habe Sie herausgefordert.«

»Aber Sie sagten, ich solle ihn fragen, und ich habe ihn gefragt. Also, was regen Sie sich so auf?«

»Das genügt, meine Herren«, sagte Richter Norwood, aber er grinste dabei. »Ich denke, die Erlaubnis oder Herausforderung des Herrn District Attorney, oder was es immer war, kann als Aufforderung zum Kreuzverhör, jedenfalls in diesem Punkt, angesehen werden. Der Einspruch wird abgelehnt.«

»Mr. Burris, ich frage Sie, hat der District Attorney Ihnen die Frage vorgelegt, ob Sie Mrs. Adrian in Cushings Landhaus gesehen haben?«

»Nein. Er fragte mich nicht. Hätte er mir die Frage gestellt, hätte ich sie auch beantwortet. Aber er fragte nicht, also schwieg ich. Ich hatte mir vorgenommen, die Wahrheit zu sagen, wenn ich danach gefragt werde, aber ich wollte diese

Information nicht freiwillig geben. Mrs. Adrian ist meine Nachbarin. Sie mag drüben gewesen sein, aber sie hat Cushing nicht getötet. Und ich glaube auch nicht, daß sie diejenige war, die geschrien hat. Sie war ...«

»Was Sie glauben oder nicht, ist völlig nebensächlich«, fuhr Hale den Zeugen an.

»Jawohl, Sir«, antwortete Sam Burris.

»Im Moment kein weiteres Kreuzverhör«, sagte Mason fröhlich.

Wieder fiel der District Attorney über den unglücklichen Zeugen her.

»Was taten Sie, als Sie Mrs. Adrian erkannten?«

»Nun, ich besprach es mit meiner Frau, und wir beschlossen ...«

»Ich frage Sie, was Sie taten«, donnerte Hale.

»Na ja. Das tat ich. Ich sprach. Sie fragten mich doch danach.«

Durch den Gerichtssaal ging ein Gekicher.

»Lassen Sie die Unterhaltung beiseite. Fahren Sie fort. Was taten Sie, wohin gingen Sie?«

»Ich ging in das Landhaus hinüber.«

»Warum gingen Sie dorthin?«

»Um nachzusehen, ob etwas nicht in Ordnung war.«

»Was fanden Sie?«

»Ich fand die Fensterscheibe zerbrochen. Ich fand das Glas des zerbrochenen Spiegels überall auf dem Fensterbrett, Scherben im ganzen Zimmer und einige Scherben draußen auf dem Hof. Arthur Cushing saß im Rollstuhl, auf eine Seite hinübergesunken. Auf der Vorderseite seines Hemdes war Blut. Ich rannte hinaus und rief den Sheriff an.«

»Sahen Sie irgendwelche Fußspuren?«

»Zu dieser Zeit noch nicht.«

»Und als Sie den Sheriff verständigt hatten, wurden Sie zurück an den Tatort gebracht?«

»Nein. Der Sheriff sagte mir, ich könne nach Haus gehen.«

»Und der Sheriff sperrte den Platz ab, so daß keine Spuren verwischt wurden?«

»Ich sah den abgesperrten Platz, als es hell wurde ... ich war noch einmal beim Sheriff, und er stellte mir noch einige Fragen.«

»Welche Spuren sahen Sie außer Ihren eigenen und denen des Sheriffs?«

»Die Spuren einer Frau, die vom Hause der Adrians kamen.«

»Der Sheriff fragte Sie, ob Sie wüßten, wessen Spuren das wären, und Sie antworteten nein, Sie wüßten es nicht. Stimmt das?«

»Ja.«

»Warum haben Sie ihn belogen?«

»Ich habe ihn nicht belogen.«

»Sie hatten Mrs. Adrian, die Angeklagte hier, gesehen. Deshalb mußten Sie wissen, daß es ihre Spuren waren. Trotzdem sagten Sie dem Sheriff, der diesen Mord zu untersuchen hat, daß Sie nicht wüßten, wessen Spuren es sind.«

»Das ist richtig. Ich wußte es auch nicht. Und ich weiß es immer noch nicht, und ich bezweifele, daß Sie es wissen.«

Im Gerichtssaal erscholl ein Lachen über Sam Burris' Scherz. Der Richter rief zur Ordnung und ermahnte die Zuschauer.

»Sie wußten, daß Mrs. Adrian dort war?«

»Ja.«

»Was glauben Sie, wie sie dort hingekommen ist, geflogen?«

»Einspruch«, sagte Mason leichthin, »wegen Versuches, seinen eigenen Zeugen ins Kreuzverhör zu nehmen.«

»Stattgegeben.«

»Zu der Zeit, als Sie mit dem Sheriff zurückkamen, sahen Sie auf der Straße auch die Spuren einer Frau?«

»Ja, schmale Spuren. Ich möchte nicht mit Sicherheit sagen, daß es Frauenspuren waren, und ich weiß auch nicht, wo sie herkamen. Sie können aus dem Haus gekommen und zum Haus zurückgegangen sein. Wenn Sie mich fragen, ist irgend etwas mit der einen Spur sonderbar.«

»Was ist daran sonderbar?«

»Ich meine, sie sahen irgendwie nicht natürlich aus. Ich habe mich oft genug in meinem Leben mit Spuren beschäftigt. Ich glaube nicht, daß diese je von einer ...«

»Behalten Sie Ihre Schlußfolgerungen für sich«, unterbrach ihn der District Attorney unfreundlich. »Ich frage nur nach Tatsachen.«

Mason stand auf. »Euer Gnaden«, sagte er, »das wird einem Kreuzverhör immer ähnlicher.«

Richter Norwood nickte. »Das glaube ich auch. Die Anklage

wird aufgefordert, es zu unterlassen, ihre eigenen Zeugen ins Kreuzverhör zu nehmen.«

»Er ist voreingenommen«, beklagte sich Hale.

»Trotzdem ist es Ihr Zeuge. Sie können Suggestivfragen stellen, wenn er voreingenommen ist, aber Sie können ihn nicht ins Kreuzverhör nehmen. Und versuchen Sie nicht, ihn einzuschüchtern.«

»Ich habe ihn nicht eingeschüchtert!«

»Bis jetzt noch nicht. Aber Sie waren ziemlich nahe daran. Das Gericht möchte Sie warnen. Fahren Sie fort mit Ihren Fragen.«

»Außer den Spuren, die Sie soeben erwähnt haben, gab es keine anderen, die zum Haus führten?«

»Nichts, was ich gesehen hätte.«

»Als Sie das Haus Cushings zum erstenmal betraten, bemerkten Sie den zerbrochenen Spiegel aus der Puderdose? Das heißt kleine Stückchen silbrigen Glases?«

»Nein, Sir.«

»Sahen Sie Puder auf dem Anzug des Verstorbenen, ich meine Gesichtspuder, der aus der Puderdose hätte stammen können?«

»Ich habe nicht besonders darauf geachtet.«

»Sahen Sie den Rahmen des Spiegels?«

»Ja, ein zerbrochener, hölzerner Rahmen, in dem noch einige Glasreste hingen.«

»Ein Auto stand nicht vor dem Haus?«

»Nein, Sir.«

»Gab es Autospuren?«

»Ja. Eine. Zuerst sah ich sie nicht. Erst bei Tageslicht fiel sie mir auf. Sie stammte von einem Wagen, der dort geparkt war, bevor es zu frieren begann. Der Wagen war hinausgefahren, nachdem sich Reif gebildet hatte, und hinterließ nur die eine Spur, die hinausführte.«

»Sahen Sie sonst noch etwas?«

»Ich glaube, ich habe nicht so genau aufgepaßt. Als ich hineinkam und die ganze Szenerie sah, überlief mich eine Gänsehaut. Ich nahm an, daß die Frau, die bei ihm zum Abendessen war, gegangen und ...«

»Was veranlaßte Sie, anzunehmen, daß sie nach Haus gegangen war?«

»Ich könnte es auf Anhieb nicht einmal sagen ... eigentlich ließ nichts darauf schließen, wenn ich es mir richtig überlege ... aber ich denke, irgend etwas ...«

»Kümmern Sie sich nicht darum, was Sie denken«, unterbrach ihn Hale bissig. »Sagen Sie uns, was Sie sahen!«

»Nun, das versuche ich ja gerade. Es scheint mir, ein Glas mit Lippenstift stand dort ...«

»Wollen Sie sagen, Sie untersuchten das Glas, das zerbrochen am Boden lag?« fragte Hale.

»Nein, nicht das, was am Boden lag. Ich bin nicht mehr sicher ... vielleicht lag ein Cocktailglas auf dem Fußboden und einiges Filmmaterial im Wohnzimmer. Um die Wahrheit zu sagen, ich weiß nicht mehr, was da war und was nicht. Die Vordertür war verschlossen. Ich ging durch den Hintereingang und kam durch die Küche ins Wohnzimmer. Als erstes sah ich die Leiche im Rollstuhl. Jetzt erinnere ich mich an das zerbrochene Cocktailglas. Etwas Rotes war daran. Ich nehme an, es muß Blut gewesen sein. Ich ging nicht so nahe hin, aber es sah rot aus, und damals glaubte ich, es war Lippenstift.«

»Wo stand der Rollstuhl?«

»Ungefähr zwei bis drei Meter vom Fenster entfernt, mit der Rückseite genau gegen das Fenster.«

»Nachdem Sie die Polizei verständigt hatten, gingen Sie sofort zurück in Ihr Haus. Und dann, gegen Tagesanbruch, waren Sie noch woanders. Sie gingen zu Mrs. Adrian, nicht wahr?«

»Einspruch«, sagte Mason. »Die Frage ist unsachlich, unwesentlich und unerheblich.«

»Ich will doch nur zeigen, daß der Zeuge voreingenommen ist«, schrie Hale.

»Zum Zweck des Kreuzverhörs?« fragte ihn Mason.

»Ich denke, daß das Gericht ein Recht darauf hat, darüber aufgeklärt zu werden«, antwortete der District Attorney.

»Sie versuchen immer wieder, Ihren eigenen Zeugen ins Kreuzverhör zu nehmen. Tun Sie das nicht«, warnte Mason. »Die Verteidigung stellt hiermit fest, daß er zu Mrs. Adrian ging.«

»Einen Moment, meine Herren«, unterbrach Richter Norwood. »Ich hatte Sie gebeten, solche Anspielungen zu unterlassen. Wenn ich recht verstehe, beziehen sich sowohl die Frage der Anklage als auch die Feststellung der Verteidigung auf etwas, was der Zeuge tat, nachdem er die Leiche entdeckt und die Polizei verständigt hatte. Und nachdem ihm gesagt wurde, er solle nach Haus gehen.«

»Das stimmt. Jawohl, Sir«, antwortete Hale. »Wir können das Verhalten dieses Zeugen nicht entschuldigen. Er hat Informationen zurückgehalten, die er der Anklage hätte geben müssen. Ich werde nicht einmal als Entschuldigung gelten lassen, daß sein Motiv hierfür gut nachbarlich und hilfsbereit war. Ich gebe auch der Verteidigung offen zu, daß wir nicht beabsichtigen, irgendeinen Einspruch beim Kreuzverhör dieses Zeugen zu erheben.

Ich nehme an, Mr. Mason wird ihn beim Kreuzverhör, bildlich gesprochen, auseinandernehmen. Aber das hat sich Mr. Burris selbst zuzuschreiben.«

»Haben Sie Ihr Argument mit dem Gericht beendet?« erkundigte sich Mason freundlich.

»Ich habe dem Gericht lediglich erklären wollen, daß ich das Benehmen dieses Zeugen nicht entschuldigen kann. Und, obgleich ich weiß, daß Sie ihn auseinandernehmen werden und wahrscheinlich auch noch andeuten wollen, daß er später eine Erpressung versucht hat, werden wir seine Ausführungen nicht gelten lassen. Ich übergebe Ihnen den Zeugen zum Kreuzverhör.«

Mason gähnte verstohlen. »Eine schöne Rede, Herr Ankläger«, sagte er beiläufig. »Ich nehme an, daß Sie sich jetzt besser fühlen. Ich habe keine Fragen an den Zeugen.«

»Was?« schrie Ives ungläubig.

Mason lächelte nur.

Darwin Hale blickte Mason an, als wäre er plötzlich schwachsinnig geworden.

»Keine Fragen?«

»Nein.«

»Keine einzige Frage?«

»Keine einzige Frage!«

»Das ist alles, Mr. Burris. Sie können den Zeugenstand verlassen«, sagte Richter Norwood.

Der District Attorney schien völlig durcheinander zu sein. Er unterhielt sich kurz und flüsternd mit dem Sonderankläger und sagte dann: »Es tut uns leid, Euer Gnaden. Im Hinblick auf die Entwicklung der Dinge hatten wir damit gerechnet, daß das Kreuzverhör dieses Zeugen einen großen Teil des Nachmittags in Anspruch nehmen würde. Wir ...«

»Wollen Sie Ihre Verhandlung weiterführen?« fragte Mason.

»Ich möchte um eine kurze, zehnminütige Unterbrechung bitten, Euer Gnaden.«

»Gut. Dieser Antrag ist verständlich«, sagte der Richter. »Das Gericht wird die Sitzung für zehn Minuten unterbrechen.«

Als der Richter seinen Platz verlassen hatte, fühlte Mason die zitternden Hände Belle Adrians auf seinem Arm.

»Mr. Mason«, flüsterte sie, »was müssen Sie von mir denken?«

»Daß Sie dumm sind«, erwiderte Mason kurz und unfreundlich. »Jeder, der seinen Anwalt den Prozeß unter falschen Voraussetzungen vorbereiten läßt, benimmt sich wie ein Dummkopf. Wußten Sie, daß Sam Burris Sie gesehen hat?«

»Ja, er sagte es mir.«

»Als er am Sonntagmorgen zu Ihnen kam?«

»Ja.«

»Versuchte er, Sie zu erpressen?«

»Was meinen Sie?«

»Wollte er Geld dafür, daß er still ist?«

»Lieber Himmel, nein! Er sagte, er täte es aus Gefälligkeit.«

»Möglich ist es. Andererseits hätte er zu Ihnen kommen können und Bargeld verlangen, nachdem Sie vor ein Schwurgericht gestellt worden sind. Sie sind eine Närrin, in eine solche Falle zu gehen«, sagte Mason.

»Was wird jetzt passieren?« fragte sie ängstlich.

»Jetzt haben wir eine Chance eins zu tausend ... Seien Sie wenigstens jetzt offen zu mir. Erzählen Sie mir, was Sie taten«, forderte Mason.

Sie begann: »Ich wußte nicht, daß Carlotta zu Haus war. Ich sah in der Garage nach, und sie war leer. Also nahm ich mit Sicherheit an, daß sie noch bei Cushing war. Ich ging in die Küche und sah durch das Küchenfenster hinüber zu Cushings Haus. Dort brannte noch Licht. Dann hörte ich eine Frau schreien, und ich glaubte, daß es Carlotta war.«

»Also zogen Sie sich an und gingen hinüber?«

»Ich fuhr in irgendein Kleidungsstück und rannte los.«

»Und dann?«

»Ich kam ins Haus und fand Arthur Cushing tot«, sagte sie.

»Ich sah Carlottas zerbrochene Puderdose am Fußboden, nun ... dann tat ich, was jede andere Mutter auch getan hätte. Ich hob sie auf und steckte sie in die Tasche. Dann suchte ich, ob es noch mehr belastende Hinweise gab.«

»Gab es welche?«

»Das weiß ich nicht. Ich wollte nichts riskiren. Ich wischte jede Stelle ab, wo Fingerabdrücke gewesen sein könnten. Ich wusch drei Cocktailgläser aus und stellte sie in den Küchenschrank, wischte die Fingerabdrücke von den Flaschen und stellte sie weg. Sogar über die Türklinken fuhr ich mit einem Tuch.«

Mason seufzte. »Mit Ihrem Versuch, Carlotta zu helfen, haben Sie zweifellos genau das Beweismaterial vernichtet, das sie entlastet hätte.«

Mrs. Adrian nickte mutlos.

»Sie glauben wirklich, daß Carlotta ihn getötet haben muß, nicht wahr?« fragte Mason.

»Nein. Eine Zeitlang glaubte ich es. Aber dann ... Sie meint, daß ich ihn erschossen habe.«

»Sagen Sie mir ehrlich«, fragte Mason, »gingen Sie zu Carlottas Wagen?«

»Nein, Mr. Mason, darauf gebe ich Ihnen mein Wort.«

»Also gut. Wenn Sie jetzt die Wahrheit sagen, werden wir ...«

»Ich versichere Ihnen feierlich, daß ich jetzt die absolute Wahrheit sage. Ich hätte Sie auch nicht angelogen, wenn es nicht Carlottas wegen gewesen wäre. Ich habe versucht, ihr soviel wie möglich zu ersparen, und nun ... hat sich meine gute Absicht ins Gegenteil verwandelt. Jetzt sitzt sie in der Tinte.«

»Sie sind diejenige, die in der Tinte sitzt«, sagte Mason. »Also gut. Warten Sie ab. Wir werden das Beste tun, was wir können.«

18

Als das Gericht wieder zusammentrat, erhob sich Hale. Er hatte sich offenbar sorgfältig einen Plan zurechtgelegt. »Euer Gnaden«, begann er, »ich möchte den Sheriff noch einmal in den Zeugenstand bitten, um ihm noch ein paar Fragen zu stellen.«

»Sehr gut.«

Sheriff Elmore sagte kurz zusammengefaßt aus, daß er eine genaue Untersuchung des Wagens durchgeführt hatte, den Carlotta Adrian in der Nacht des Mordes gefahren hatte.

»Sie haben ihn sorgfältig untersucht?«

»Das tat ich, Sir.«

»Und haben Sie sich auch den linken Vorderreifen angesehen?«

»Ja, Sir.«

»Das war der Reifen, der geplatzt war?«

»Jawohl!«

»Fanden Sie heraus, wodurch er geplatzt war?«

»Jawohl.«

»Was war es?«

»Einspruch«, sagte Mason beiläufig. »Die Frage ist unsachlich, unwesentlich und unerheblich. Sie hat keine ordnungsgemäße Grundlage.«

»Was den ersten Teil des Einspruchs betrifft, so werde ich ihn anerkennen«, fuhr Hale auf, »aber ich betrachte es als absurd zu behaupten, daß keine ordnungsgemäße Grundlage für diese Frage vorhanden ist.«

»Ich nicht«, parierte Mason. »Sie fragen nach einer Schlußfolgerung des Zeugen. Sie haben ihn nicht als Sachverständigen qualifiziert. Er kann bezeugen, was er in dem Reifen fand, und dann können Sie einen Experten herbeirufen, der feststellt, ob dieses Objekt eine Reifenpanne verursachen kann.«

»Du meine Güte«, sagte Darwin Hale. »Euer Gnaden, das ist der verzweifelte Versuch eines Ertrinkenden, sich an einen Strohhalm zu klammern. Ich bin überzeugt, wenn das Gericht die Aussage hört, wird es die Lächerlichkeit dieses Einspruchs erkennen.«

»Ich werde den Einspruch ablehnen«, erklärte Richter Norwood.

»Was war die Ursache der Reifenpanne?«

»Eine Glasscherbe.«

»Haben Sie sie bei sich?«

»Ja, Sir.«

»Wo fanden Sie sie?«

»Im Autoreifen. Sie hatte den Mantel durchbohrt und war bis in den Schlauch gedrungen.«

»Ich möchte dieses Stück Glas als Beweisstück E vorlegen, Euer Gnaden.«

»Kein Einspruch«, sagte Mason.

»Kreuzverhör«, rief der District Attorney unfreundlich.

»Also, Sheriff«, begann Mason, »Sie fanden diese Glasscherbe in dem Reifen?«

»Ja, Sir.«

»Und Sie erkennen es als ein Stück Glas, das dem von dem zerbrochenen Spiegel ähnlich sieht?«

»Ja, Sir.«

»Haben Sie eine spektroskopische Analyse durchgeführt, um zu sehen, ob es das gleiche Glas ist?«

»Nicht ich persönlich. Es wurde auch nicht in meiner Gegenwart gemacht, aber ich weiß, daß eine solche Untersuchung durchgeführt wurde.«

»Und das Resultat zeigte, daß es sich um das gleiche Glas handelt?«

»Ja, Sir.«

»Haben Sie das Auto auf Fingerabdrücke untersucht?«

»Ja, Sir, jeden Zentimeter.«

»Welche Abdrücke fanden Sie?«

»Die der Beschuldigten, einige von Carlotta und ein paar, die wahrscheinlich schon einige Zeit dort waren und die wir noch nicht identifizieren konnten.«

»Auch solche, die noch frisch waren?«

»Nun, das ist schwer zu sagen«, meinte der Sheriff.

»Haben Sie in Ihrem Büro einen Sachverständigen für Fingerabdrücke?«

»Nein, Sir. In einer Gemeinde von dieser Größe kann ich mir das nicht leisten. Ich kenne mich selbst ein wenig mit Fingerabdrücken aus, und ich habe Mitarbeiter, die schon damit gearbeitet haben. Aber ich möchte nicht behaupten, daß wir einen Experten hatten, wie Sie es ausdrücken.«

»Wer nahm die Fingerabdrücke ab?«

»Wir zum Teil. Aber außerdem wurde uns ein technischer Sachverständiger aus der Stadt zur Verfügung gestellt. Er besorgte den Großteil der Arbeit.«

»Kommen wir zurück auf einige dieser unidentifizierten Fingerabdrücke.«

»Euer Gnaden, ich glaube, daß das kein ordnungsgemäßes

Kreuzverhör mehr ist. Das weicht zu weit von der Sache ab«, mischte sich Hale ein.

»Der Sheriff hat ausgesagt, er habe das Auto sehr sorgfältig untersucht, und ich beabsichtige zu beweisen, was er tat und was er fand«, erwiderte Mason. »Das ist ordnungsgemäßes Kreuzverhör.«

»Der Einspruch wird abgelehnt!«

»Ich möchte etwas über die Fingerabdrücke wissen, die nicht klassifiziert und nicht identifiziert werden konnten. Gab es irgendwelche Abdrücke, die darauf deuteten, als wären sie erst kürzlich entstanden?«

»Nun... ja. Ein Abdruck am linken Türgriff des Autos sah so aus, als sei er noch frisch.«

»Wurde er durch Bestauben sichtbar gemacht?«

»Ja, Sir.«

»Und fotografiert?«

»Ja, Sir.«

»Haben Sie ein Foto dieses Abdrucks?«

»Jawohl, das habe ich.«

»Zeigen Sie mal her.«

»Oh, Euer Gnaden«, rief Hale, »das ist nun gewiß kein ordnungsgemäßes Kreuzverhör mehr. Wenn Mr. Mason den Sheriff zum Zeugen der Verteidigung macht, bitte sehr. Aber ich erhebe Einspruch, daß sein Kreuzverhör in dieser Form geführt wird.«

»Ich denke, daß sein Kreuzverhör in Ordnung ist«, sagte Richter Norwood, offensichtlich interessiert. »Dieser Fingerabdruck kann außerordentlich wichtig sein. Das Gericht möchte ihn ansehen.«

Sheriff Elmore faßte in seine Manteltasche und zog einen Umschlag hervor. Aus diesem Umschlag nahm er eine Fotografie und reichte sie Perry Mason.

»Na, das ist ja interessant«, sagte Mason. »Es scheint ein sehr genau abgezeichneter Fingerabdruck zu sein.«

»Er ist sogar ungewöhnlich deutlich«, sagte der Sheriff. »Höchstwahrscheinlich durch die Tatsache, daß der Daumen fest gegen das Metall der Tür gedrückt wurde und dadurch diesen sehr klaren Abdruck hinterließ.«

»Ich möchte dies als Beweisstück Nummer eins für die Verteidigung vorlegen, Euer Gnaden«, bat Mason.

»Kein Einspruch«, bemerkte Hale kleinlaut. »Mein einziger Grund für einen Einspruch war, daß ich nicht soviel Zeit mit Dingen verschwenden wollte, die nicht zur Sache gehören. Es handelt sich nicht um einen Daumenabdruck der Beklagten und auch nicht um den ihrer Tochter. Wir wissen nicht, von wem er stammt, und es kümmert uns auch herzlich wenig.«

»Weiter«, sagte Mason. »Sheriff, Sie haben ausgesagt, daß die Glasscherbe der Grund für den geplatzten Reifen war.«

»Ja, Sir.«

»Wie kommen Sie darauf?«

»Nun, das liegt doch auf der Hand.«

»Sie sind kein Fachmann, nicht wahr?«

»Aber ich fahre schon jahrelang Auto und hatte so viele Reifenpannen, daß ich mich fast einen Fachmann schimpfen kann«, platzte der Sheriff heraus.

Mason wartete, bis das Gelächter im Gerichtssaal verebbt war, bevor er fortfuhr.

»Sie haben nie Ihr Brot damit verdient, Reifen zu reparieren?«

»Nein, Sir, das habe ich nicht.«

»Und wenn Ihnen ein Reifen geplatzt ist, nahmen Sie den Wagenheber, setzten das Ersatzrad ein und fuhren in die nächste Werkstatt, nicht wahr?«

»Ja, Sir.«

»Wie kommt es dann, daß Sie sich für fachkundig genug betrachten, um zu behaupten, daß diese Scherbe der Grund für den geplatzten Reifen war?«

»Weil ich das Rad in meiner Gegenwart abnehmen ließ«, erwiderte der Sheriff. »Dann sahen wir den Riß im Reifen. Also faßte ich unter den Mantel, um herauszufinden, wodurch dieser Riß entstanden war. Dabei habe ich mich mit der Scherbe am Handrücken verletzt. Das Glas war bis in den Schlauch gedrungen. Ich schnitt den Mantel auf und entfernte sie.«

»Wie haben Sie das gemacht?«

»Ich schnitt ein rundes Stück vom Reifen heraus.«

»Eine Glasscherbe, fast vier Zentimeter lang, keilförmig wie ein kleines Stückchen Torte, das in einer scharfgemeißelten Spitze zusammenläuft.«

»Ja, Sir. Es steckte rechtwinklig im Profil des Reifens.«

»Haben Sie darauf die Spuren untersucht, um festzustellen, wie lange der Wagen schon mit dem platten Reifen fuhr?«

»Ja, Sir. Er war fast vom gleichen Augenblick an, als das Auto vom Hause Cushings wegfuhr, ohne Luft. Hinzufügen möchte ich noch, Mr. Mason, daß in der Nähe des Landhauses nur eine Autospur zu sehen war. Diese Spur stammt von einem Fahrzeug, das von Cushings Haus wegfuhr, nachdem es zu frieren begann, und dessen linkes Vorderrad innerhalb weniger Meter die Luft verlor. Der Wagen war ungefähr hundert Meter weit gekommen, dann wurde er stehengelassen.«

»Danke sehr«, sagte Mason liebenswürdig. »Das ist alles.«

»Haben Sie noch Fragen?« erkundigte sich Richter Norwood beim District Attorney.

»Keine weiteren Fragen«, erklärte Hale.

Als hätte er es vorher einstudiert, erhob er sich und sagte: »Damit, Euer Gnaden, ist unsere Beweisführung beendet. Nach diesen Ausführungen beantragen wir, daß die Beschuldigte vor das Schwurgericht gestellt wird.«

Richter Norwood nickte. »Ich denke, es ist erwiesen, daß ein Verbrechen verübt wurde, und es gibt auch zufriedenstellendes Beweismaterial, das darauf hindeutet, die Beschuldigte könnte...«

»Einen Moment, Euer Gnaden«, unterbrach Mason den Richter. »Wollen Sie mir keine Chance geben, meine Seite vorzutragen?«

Richter Norwood sah Mason erstaunt an. »Sie meinen, Sie werden die Beschuldigte in den Zeugenstand rufen?«

»Das habe ich nicht gesagt«, erwiderte der Verteidiger. »Ich sagte, ich wolle meinen Fall vortragen.«

»Sehr gut«, sagte Norwood. »Verzeihen Sie, Herr Verteidiger, ich wollte einem Urteil damit nicht vorgreifen. Ich hatte angenommen, daß im Hinblick auf die Beweisführung in diesem Fall... nun, normalerweise haben wir in unserem District bei einer Voruntersuchung nicht viel Zweifel, ob ein Angeklagter vor das Schwurgericht kommt oder nicht, besonders dann nicht, wenn die Beweise so überwältigend sind. Jedenfalls möchte ich mich nicht im voraus bloßstellen, Mr. Mason. Bitte, beginnen Sie mit Ihrer Verteidigung.«

»Danke sehr«, sagte Mason. »Meine erste Zeugin ist Marion Keats.«

In den letzten Reihen des Gerichtssaals entstand Unruhe, als Marion Keats aufstand und nach vorn kam.

Da weder District Attorney Hale noch C. Creston Ives sich auch nur umsahen, erkannte Mason, daß die Zeugin mit den beiden in Verbindung getreten war.

Er wartete geduldig, bis sie vereidigt war, und sagte dann: »Euer Gnaden, hier handelt es sich um eine voreingenommene Zeugin. Es kann sein, daß ich Suggestivfragen stellen muß. Ich...«

»Woher wissen wir, ob sie voreingenommen ist?« fragte Hale.

»Sehen Sie sie an«, antwortete Mason lächelnd.

»Beginnen Sie mit Ihren Fragen«, gebot Richter Norwood.

»Ihr Name ist Marion Keats?«

»Ja.«

»Miss oder Mrs.?«

»Ich... ich war verheiratet.«

»Keats ist der Name Ihres Mannes?«

»Ja.«

»Nennen Sie sich Mrs. Marion Keats oder Miss Marion Keats?«

»Ich nenne mich Miss Marion Keats. Ich glaube, ich habe das Recht, jeden Namen, der mir paßt, anzunehmen.«

»Völlig in Ordnung«, meinte Mason. »Ich habe ja auch nur gefragt.«

»Und ich habe geantwortet«, entgegnete sie patzig.

»Also Sie kannten Arthur Cushing zu Lebzeiten?«

»Ja.«

»Sie fuhren gelegentlich mit ihm Ski?«

»Ja.«

»Sie waren am Abend des Zweiten und am Morgen des Dritten in Bear Valley.«

»Am Morgen des Dritten«, antwortete sie ärgerlich und kniff die Lippen zusammen.

»Und Sie waren auch, glaube ich, zur Beerdigung von Arthur B. Cushing?«

»Einspruch!« rief Hale. »Das ist unwesentlich, unsachlich und unerheblich.«

»Stattgegeben.«

»Sie sind also mit Arthur Cushing öfter Ski gelaufen?«

»Ja.«

»Wie lange kannten Sie ihn schon?«

»Ungefähr sechs Monate.«

Ohne Warnung sprang Mason plötzlich von seinem Stuhl hoch, ging zwei Schritte auf die Zeugin zu, deutete mit dem Zeigefinger auf ihr Gesicht und donnerte: »Schreien Sie!«

Die Zeugin hielt den Atem an und stieß einen kurzen Laut überrumpelter Verwunderung aus.

Darwin Hale und C. Creston Ives waren auf ihren Füßen, sie redeten gleichzeitig darauf los.

»Ruhe!« brüllte der Richter. »Ruhe im Gerichtssaal. Jeder einzeln. Nun, meine Herren. Was ist, Mr. Hale?«

»Unsachlich, unwesentlich und unerheblich«, sprudelte der District Attorney hervor. »Ein Versuch, seine eigene Zeugin einzuschüchtern!«

C. Creston Ives schaltete sich mit akademischer Präzision ein. »Wenn der Grund dieses Theaters bedeuten soll, seiner eigenen Zeugin eine Falle zu stellen, Euer Gnaden, so ist das kein ordnungsgemäßes Kreuzverhör. Sollte es dem Zwecke dienen, einen Test zu veranstalten, nämlich die Zeugin auf Grund ihres Schreis zu identifizieren, etwas, wie Euer Gnaden zugeben müssen, was eine hoffnungslose Unmöglichkeit ist, dann muß dieser Versuch unter den gleichen Bedingungen veranstaltet werden.«

»Schreien Sie«, wiederholte Mason.

Bevor irgend jemand sie aufhalten konnte, stieß Marion Keats einen heiseren, unartikulierten, haßerfüllten Schrei aus, einen Schrei, in dem man keine Spur von Entsetzen, sondern nur Wut entdecken konnte.

»Danke sehr«, sagte Mason, lächelte und verbeugte sich. »Wirklich, vielen Dank, Miss Keats.«

Eine verwunderte Stille lag über dem Gerichtssaal.

»Ganz offensichtlich«, meinte Richter Norwood trocken, »ist diese Zeugin eine ziemlich zartbesaitete, gefühlvolle junge Dame. Sie hielt es für angebracht, die Entscheidung des Gerichtes nicht abzuwarten. Der Einspruch erübrigt sich daher. Fahren Sie fort, Mr. Mason.«

»Muß ich das noch weiter mitmachen?« fragte Marion Keats den Richter.

»Sie sind Zeugin«, antwortete Richter Norwood. »Die Verteidigung stellt Ihnen Fragen. Sie müssen sie beantworten. Die Anklage und das Gericht werden darauf achten, daß Ihre

Rechte gewahrt bleiben. Hätten Sie sich geduldig und ruhig verhalten, ich wollte dem Einspruch gerade stattgeben.«

»Es tut mir leid, Euer Gnaden, aber ich bin mit den Nerven herunter. Ich möchte, daß man mir Gelegenheit gibt, einen Anwalt zu konsultieren, bevor ich weitere Fragen beantworte. Das hier ist alles der Teil einer Kampagne, meinen Ruf zu untergraben. Mr. Mason hat das angedeutet, als er mich vorlud. Ich glaube, ich habe ein Recht auf einen Anwalt. Man hat mir gesagt, daß kein Rechtsanwalt einen Gerichtsbeschluß dazu benutzen darf, jemand in etwas hineinzuziehen, von dem er nicht die geringste Ahnung hat.«

Hale stieß Ives an und grinste.

Richter Norwood sagte: »Damit haben Sie vollkommen recht. Eine Person, die über einschlägige Tatsachen informiert ist, ist verpflichtet, als Zeuge aufzutreten, wenn sie vorgeladen wird. Aber man kann nicht vor Gericht gestellt werden nur zum Zwecke von... nun, ich möchte mich im Augenblick darauf beschränken.

Mr. Mason, haben Sie etwas zu sagen?«

»Wenn sie einen Rechtsanwalt will, soll sie sich einen nehmen«, antwortete Mason.

»Gut. Sie können jetzt gehen«, sagte Norwood zu Marion Keats. »Konsultieren Sie Ihren Anwalt, aber seien Sie morgen früh um zehn Uhr wieder hier. Bringen Sie Ihren Anwalt mit, wenn Sie mögen.«

Der Richter wandte sich wieder an Mason. »Haben Sie noch weitere Zeugen, Mr. Mason?«

»Ich möchte meine Ausführungen beschließen, Euer Gnaden. Aber es gibt einige gewisse technische Details, die die Anklage geflissentlich außer acht gelassen hat.«

»Was meinen Sie damit?« rief Hale erbost. »Ich habe überhaupt nichts ausgelassen!«

»O doch, das haben Sie«, erwiderte Mason. »Sie haben den Rollstuhl nicht vorgeführt, in dem die Leiche gefunden wurde.«

»Ich habe genügend Beweismaterial vorgelegt, das alle einschlägigen Fakten über diesen Rollstuhl untermauert. Er ist natürlich sehr groß und unförmig, so daß ich keinen Grund sah, ihn...«

»Sehen Sie«, unterbrach ihn Mason. »Aber der Rollstuhl ist einer der wichtigsten Indizienbeweise in diesem Prozeß. Trotzdem hat sich der District Attorney damit zufriedengegeben, vom Sheriff zu hören, es sei kein Glas in den Gummirädern gefunden worden.«

»Also gut«, sagte Hale, »ich werde der Verteidigung den Wunsch erfüllen. Wenn sie den Rollstuhl als Beweismaterial will, kann sie ihn haben... Sheriff, würden Sie bitte den Rollstuhl hereinbringen.«

»Beantragen Sie, Ihren Vortrag nochmals zu eröffnen?« fragte Mason.

»Richtig. Ich eröffne ihn. Ich bringe den Rollstuhl und lege ihn als Beweismaterial vor.«

»Sehr gut«, meinte Mason zufrieden.

Der Sheriff brachte den Rollstuhl.

»Hier ist er«, sagte er.

»Wünschen Sie, daß der Sheriff das beschwört?« fragte Hale ironisch.

Mason schüttelte den Kopf. »Wenn Sie mir sagen, daß das der Rollstuhl ist, werde ich ihn als Beweisstück zulassen.«

»Das ist alles«, sagte Hale.

»Ich möchte jetzt Sam Burris als meinen Zeugen aufrufen«, erklärte Mason.

»Als Ihren Zeugen?« rief der District Attorney erstaunt.

»Richtig.«

»Gut«, meinte der Richter. »Mr. Burris treten Sie vor als Zeuge der Verteidigung. Sie sind bereits vereidigt worden, also wird es nicht nötig sein, daß Sie noch einmal schwören. Bitte, beginnen Sie, Mr. Mason.«

Mason deutete auf den blutbefleckten Rollstuhl. »Mr. Burris«, sagte er, »können Sie uns sagen, ob das der Rollstuhl ist, in dem die Leiche Arthur Cushings saß, als Sie am Morgen des Dritten das Landhaus betraten?«

»Ja, Sir.«

»Ist an diesem Stuhl irgend etwas verändert, seit Sie ihn zum erstenmal sahen?«

»Nein, Sir.«

»Mr. Burris, saßen Sie vor ein paar Minuten hier im Gerichtssaal, als die Zeugin Marion Keats geschrien hat?«

»Das war kein Schrei«, antwortete Sam Burris. »Ich hörte, wie sie einen komischen Laut von sich gab. Es war nicht das, was ich als einen Schrei bezeichnen würde. Ich habe mir schon überlegt, Mr. Mason, ob Sie diese Frau dazu veranlaßt haben, damit ich sie identifizieren kann. Aber das kann ich Ihnen jetzt schon sagen, was sie hier im Gericht von sich gab, klang auch nicht annähernd wie der Schrei, den ich gehört habe.«

»Ich möchte folgendes klarstellen«, sagte Mason, »wenn ich Sie richtig verstanden habe, war zu der Zeit, als Sie hörten, wie der Spiegel nach Arthur Cushing geworfen wurde, kein Schrei zu hören?«

Hale sprang auf. »Antworten Sie nicht!« schrie er, »antworten Sie nicht auf diese Frage.« Dann wandte er sich dem Gericht zu. »Euer Gnaden, ich erhebe Einspruch. Das ist kein ordnungsgemäßes Zeugenverhör. Die Frage verlangt nach einer Schlußfolgerung des Zeugen. Sie unterstellt eine Tatsache, die nicht bewiesen werden kann und ist außerdem genau das Gegenteil von dem, was wirklich geschah. Die Verteidigung weiß, daß der Spiegel von niemand anders als von Arthur Cushing geworfen wurde. In einem letzten verzweifelten Versuch der Selbstverteidigung warf er ihn. Dann wurde er erschossen.«

»Ohne näher auf die verschiedenen Streitpunkte einzugehen«, sagte Richter Norwood, »werde ich dem Einspruch stattgeben, weil er nach einer Schlußfolgerung des Zeugen verlangt. Er kann aussagen, wann er den Schrei hörte in Verbindung mit dem Zeitpunkt, als das Glas klirrte.«

»Bitte sehr«, sagte Mason gutgelaunt, »dann formuliere ich die Frage eben anders.«

»Wieviel Zeit lag zwischen dem Klirren und dem Schrei?«

Burris zögerte. »Das ist irgendwie schwer zu sagen«, meinte er. »Wenn man gerade aus dem Schlaf aufgewacht ist, kann man sich die Dinge nicht so genau vergegenwärtigen.«

»Ich verstehe«, sagte Mason mitfühlend, »versuchen Sie es nur, so gut Sie eben können, Mr. Burris.«

»Gut. Soweit ich mich erinnere, hörte ich zuerst das Glas klirren, dann einen Schuß. Danach lag ich im Halbschlaf. Es war eine ganze Weile später, als ich die Frau schreien hörte.«

»Und wie lange lagen Sie im Halbschlaf?«

»Ach, vielleicht ein paar Sekunden.«

»Vielleicht eine Minute?«

»Es kann auch mehr als eine Minute gewesen sein.«

»Auch fünf Minuten?«

Burris wurde nachdenklich. »Ja«, sagte er, »auch fünf Minuten. Ich will offen zu Ihnen sein, Mr. Mason. Vielleicht schlief ich wieder ein, aber nicht für lange. Es war höchstens vielleicht... nein, ich weiß es nicht.«

»Sie wollten doch eben eine äußerste Grenze angeben, Mr. Burris. Was veranlaßte Sie, Ihre Absicht zu ändern?«

»Es würde sich nicht logisch anhören.«

»Mit anderen Worten«, sagte Mason, »offen gesagt, wissen Sie nicht, wie lang die Zeitspanne zwischen dem Klirren und dem Schrei war. Und wenn Sie versuchen, eine äußerste Grenze anzugeben, kommen Sie zu einer Schlußfolgerung, die Ihnen auf Grund der Tatsachen absurd erscheint. Stimmt das?«

»Ich erhebe gegen diese Frage Einspruch, weil sie wieder eine Schlußfolgerung des Zeugen verlangt«, fuhr Hale dazwischen. «Außerdem ist es ein Versuch, seinen eigenen Zeugen ins Kreuzverhör zu nehmen. Mr. Mason hat eine große Show veranstaltet, als er das Kreuzverhör dieses Zeugen ablehnte und...«

»Der Einspruch ist unbegründet und wird abgelehnt«, sagte Richter Norwood. »Die Anklage scheint vergessen zu haben, daß der Zweck einer solchen Vorverhandlung ist, ausreichendes Beweismaterial vorzulegen, aber nicht, um der Anklage juristische Spitzfindigkeiten zu gestatten oder ihre juristischen Kenntnisse unter Beweis zu stellen.

Los, beantworten Sie die Frage, Mr. Burris!«

»Ehrlich gesagt«, antwortete Burris, »wollte ich ungefähr fünfzehn Minuten als Zeitspanne zwischen Schuß und Klirren und dem Augenblick angeben, als ich den Schrei hörte. Aber es hört sich nicht logisch an, wenn man das sagt. Irgendwie habe ich jedoch das Gefühl, als wäre diese Schätzung richtig.«

»Und sofort, nachdem sie den Schrei hörten, standen Sie auf?« fragte Mason.

»Nein, es war anders. Ich stand auf, nachdem ich das Klirren gehört hatte. Zwei oder drei Minuten stand ich am Fenster. Aber außer dem Licht, das bei Cushing brannte, war nichts zu sehen. Ich weckte meine Frau, und ungefähr, als sie gerade aufstand, hörten wir den Schrei«, berichtete Burris.

»Sie wissen wohl nicht, ob das Klirren dadurch verursacht wurde, weil jemand den Spiegel nach Arthur Cushing warf und ihn nicht traf, oder ob Arthur Cushing den Spiegel nach irgend jemand schleuderte?«

»Nein.«

Hale meinte trocken: »Ganz offenbar spricht die Antwort für sich selbst. Die Anklage ist sich darüber im klaren, daß Arthur Cushing den Spiegel in verzweifelter Selbstverteidigung warf.«

»Dann muß er ihn rückwärts geworfen haben!«

»Die Anklage ist der Überzeugung, Euer Gnaden«, sagte Hale, »daß Arthur Cushing den Spiegel nach irgendeinem Angreifer warf, der zu dieser Zeit zwischen ihm und dem Fenster stand. Nachdem er den Spiegel geworfen hatte, steuerte er seinen Stuhl herum, versuchte aber dabei, sein Gesicht dem Angreifer zugewendet zu lassen. In diesem Moment wurde der tödliche Schuß abgefeuert.«

»Ich glaube, ich verstehe, was die Anklage sagen will«, meinte Richter Norwood.

»Hatten Sie nicht behauptet, der Stuhl wäre nicht bewegt worden?« erkundigte sich Mason beim District Attorney.

»Er wurde auch nicht mehr bewegt, als das Glas schon am Boden lag«, antwortete Hale halsstarrig.

»Und es muß auf den Fußboden gefallen sein, sofort, nachdem der Spiegel geworfen wurde«, konterte Mason.

»Es mag am Boden gelegen haben, aber es wurde herumgestoßen, nachdem Cushing erschossen war. Ich glaube, das Gericht und wir sind uns in diesem Punkt einig.«

»Ich bin da nicht so sicher«, sagte Richter Norwood und kratzte sich am Kopf. »Mr. Mason hat eine ganz neue Perspektive eröffnet.«

Mason lächelte. »Ich werde mich bemühen, sie noch ein bißchen weiter auszubauen«, meinte er frohgelaunt.

»Mr. Burris, würde es Ihnen etwas ausmachen, sich dort drüben in den Rollstuhl zu setzen, und zwar ungefähr so, wie Cushing saß, als Sie ihn tot vorfanden?«

Der Zeuge setzte sich in den Rollstuhl und sackte teilnahmslos in sich zusammen.

»Und jetzt«, sagte Mason, »richten Sie sich gerade in dem Stuhl auf, ohne dabei etwas anderes als Ihre Schultern und den Kopf zu bewegen. Ich möchte, daß Ihre Hüften und Ihre Beine in der gleichen Position bleiben, wie sie eben waren.«

Folgsam richtete Burris sich auf.

Mason reichte ihm den antiken Spiegel. »Also der Rollstuhl stand ungefähr zwei Meter vom Fenster entfernt?«

»Das stimmt.«

»Die Ecke des Richtertisches da drüben ist ungefähr zwei Meter weit vom Stuhl«, sagte Mason. »Versuchen Sie mal, die Ecke des Tisches mit diesem Spiegel zu treffen.«

District Attorney Hale sprang auf die Füße und schrie: »Einen Moment! Einen Moment! Das ist keine Bedingung, unter welcher ein Test veranstaltet werden kann!«

»Das Gericht beabsichtigt auch nicht, zuzulassen, daß im Gerichtssaal Spiegel umhergeworfen werden«, sagte Richter Norwood streng.

»Er kann den Spiegel aus seiner sitzenden Position im Rollstuhl überhaupt nicht so weit werfen«, erklärte der Verteidiger. »Dabei ist er stärker und kräftiger, als Arthur Cushing war. Wenn er die Arme erhebt und sie weit genug zurücklegt, um den Spiegel zwei Meter weit werfen zu können, wird der Rollstuhl hinten überkippen. Er kann ihn nicht so weit werfen. Auch Cushing konnte es nicht.«

»Cushing hat ihn geworfen. Er muß es getan haben«, rief Darwin Hale.

Mason wandte sich an den Zeugen. »Bitte sehr, versuchen Sie es doch.«

Burris hob den Spiegel. Ein verwunderter Ausdruck kam über sein Gesicht.

Richter Norwood schien sehr interessiert. »Lassen Sie mich das einmal versuchen«, sagte er zu Mason.

Er verließ den Richtertisch, setzte sich in den Rollstuhl, hob den schweren Spiegel, lehnte seine Arme zurück und nahm sie dann hastig wieder herunter.

»Haben Sie das einmal versucht?« fragte er den District Attorney.

»Nein, Euer Gnaden.«

»Dann sollten Sie es besser einmal tun«, meinte Norwood kurz angebunden und ging zu seinem Platz zurück.

»Aber Euer Gnaden«, beharrte Hale, »wir wissen, daß der Spiegel geworfen wurde.«

»Aber nicht von jemand, der in diesem Rollstuhl saß«, antwortete der Richter bestimmt, »und auch nicht zwei Meter weit. Der Spiegel muß dreißig Pfund wiegen.«

»Euer Gnaden, es liegt mir fern, mit dem Gericht zu streiten«, sagte Hale verzweifelt, »aber wenn Euer Gnaden das Beweismaterial genau betrachten, wird das Gericht mit uns zu der Überzeugung kommen, daß es gar nicht möglich ist, daß jemand den Spiegel nach Arthur Cushing geworfen hat.«

»Es war jedenfalls auch unmöglich, daß Arthur Cushing in diesem Rollstuhl saß und einen so schweren Spiegel auch nur annähernd zwei Meter weit geworfen hat«, sagte der Richter.

»Aber es war ja nicht dieser Spiegel, Euer Gnaden. Das Gericht wird sich erinnern, daß wir eifrig protestiert haben gegen die Art und Weise, in der dieser Spiegel in den Prozeß gebracht wurde. Perry Mason hat ihn gewandt eingeschmuggelt, indem er die Zeugin fragte, ob er ungefähr die gleiche Größe und das gleiche Gewicht habe.«

Richter Norwood nickte. »Der Originalspiegel ist jedenfalls für ein Experiment dieser Sorte nicht mehr greifbar. Und es muß ein schwerer Spiegel gewesen sein. Ein Mann in einem Rollstuhl mag ihn im Schoß gehalten und ihn gestoßen haben. Keinesfalls aber erhob er die Arme und warf ihn.«

Norwood wandte sich an Mason. »Also Miss Keats möchte einen Anwalt aufsuchen, und das Gericht wird die Räume besichtigen, in denen der Mord verübt worden sein soll. Daher werden wir die Sitzung bis morgen früh um zehn Uhr vertagen.«

Während die Zuschauer den Gerichtssaal verließen, schlängelte sich Paul Drake an Mason heran und sagte: »Etwas stimmt nicht, Perry. Es scheint, als wäre die Keats gleich nach ihrer Ankunft zum District Attorney gegangen. Er hat ihr alles in den Mund gelegt, zuerst in den Zeugenstand zu treten, ein paar Fragen zu beantworten und dann um eine Gelegenheit zu bitten, ihren Anwalt aufzusuchen. Sie haben schon alles ausgebrütet. Sie wird einen Burschen namens Lansing aufsuchen, eine richtige Nervensäge, den man für einen Sittlichkeitsapostel halten könnte. Er wird dich beschuldigen, daß du das Gericht mißachtest und daß du überhaupt nicht vorhattest, auch nur das geringste durch Marion Keats zu beweisen, sondern lediglich versuchst, eine nicht vorhandene Intimität zwischen ihr und Cushing anzudeuten, um den Blickpunkt von deiner Klientin abzulenken. Sie werden versuchen, dir ernsthafte Schwierigkeiten zu machen, Perry.«

Mason preßte die Lippen zusammen. »Ich hatte schon so eine Ahnung, Paul. Weder Ives noch Hale haben sich die Mühe gemacht, sich umzudrehen, als ich sie aufrief und sie auf den Zeugenstand lossteuerte. Da wußte ich auch, daß sie bei ihnen war.«

»Ist das denn statthaft?« fragte Della Street.

»Wenn sie beweisen können, daß ich nichts Bestimmtes hatte, über was sie aussagen kann, können sie schon unangenehm werden«, gab Mason zu.

»Das werden sie bestimmt versuchen«, meinte Drake, »und zu deiner Information, Perry, Richter Norwood haßt nichts mehr, als wenn man seine Verhandlungen hinauszögert. Der Anwalt, den sie für Miss Keats herausgesucht haben, schwatzt ständig über ethisches Benehmen und möchte Disziplinarstrafen verhängen lassen.«

Mason runzelte die Stirn. »Ich gebe zu, daß ich ein Risiko auf mich nahm. Ich habe gehofft, sie würde zuletzt doch noch kommen und um Gnade winseln, bevor sie als Zeugin auftritt. Jetzt sitze ich in der Tinte, es sei denn, ich kann beweisen, daß ich einen Grund zu der Annahme hatte, sie könne über wesentliche Tatsachen aussagen.«

»Sie hätte dich auch um eine Chance gebettelt, wenn nicht der District Attorney und Ives gewesen wären«, sagte Drake. »Aber sie ging zu ihnen, und dann sahen sie eine Möglichkeit, dich in die Enge zu treiben.«

»Kümmere dich um diesen Fingerabdruck, Paul. Wenn wir nicht irgend etwas finden, sitze ich in der Patsche ... ich werde versuchen, mich herauszubluffen, aber diese Burschen gehören alle zu einer Clique ... beeil dich, Paul!«

19

Della Streets Assistentin begrüßte Mason, Della und Drake, als sie aus dem Gericht ins Hotel zurückkamen.

»George Henry Lansing hat angerufen«, sagte sie. »Er ist Rechtsanwalt. Sie möchten sich sofort bei ihm melden, es sei außerordentlich wichtig. Es handelt sich um Marion Keats.«

»Fein«, sagte Mason, »verbinden Sie mich mit ihm.«

Einen Moment später, als das Mädchen nickte, nahm Mason

das Telefon und meldete sich. Eine trockene, heisere Stimme antwortete ihm mit Bedacht. »Mr. Mason, ich bin der Anwalt von Marion Keats, die Sie in dem Mordprozeß gegen Belle Adrian als Zeugin geladen haben.«

»Hm, hm«, machte Mason.

»Ich möchte Ihnen mitteilen, daß ich diese Zeugenvorladung als äußerst unüberlegt ansehe.«

»Wen ich als Zeugen vorlade, entscheide ich selbst«, entgegnete Mason. »Was haben Sie mir sonst noch zu sagen?«

»Nun, ich bin der Ansicht, daß es weitaus besser für Sie wäre, wenn Sie Ihren Fall ohne weitere Versuche, Miss Keats ins Kreuzverhör zu nehmen, abschließen würden.«

»Tatsächlich?« meinte Mason.

»Wenn Sie sie zwingen, in den Zeugenstand zu treten, werde ich als ihr Anwalt Einspruch dagegen erheben, daß Sie sie nur für eine Verzögerungstaktik benutzen. Ich werde darauf bestehen, daß die Rechte auf ihr Privatleben gewahrt bleiben, und dem Gericht Mitteilung machen, daß Sie den Ablauf der Verhandlung hinauszögern wollen. Als letzte Möglichkeit bleibt mir noch, die Zeugin zu beraten, keine einzige Frage zu beantworten und Anzeige gegen Sie zu erstatten.«

»Sonst noch etwas?« fragte Mason gut gelaunt.

»Das ist alles, und das ist mein letztes Wort!«

»Das glauben Sie«, antwortete Mason. »Sorgen Sie dafür, daß Ihre Klientin morgen im Gericht erscheint, sonst lasse ich sie gewaltsam vorladen.«

»Sie wird kommen, aber ich werde beantragen, daß man sie als Zeugin entläßt, und ich werde darüber hinaus eine formelle Anklage gegen Sie wegen Mißbrauchs des Gerichts erheben.«

»Hat Ihnen Ihre Klientin alles erzählt?« fragte Mason.

»Gewiß!«

»Nun gut. Wenn Sie mir so kommen, möchte ich Sie folgendes fragen«, sagte Mason, »wie würde es Ihnen gefallen, wegen Zurückhaltung von Beweismaterial, Widerstand gegen die Staatsgewalt und Beihilfe nach der Tat angeklagt zu werden?«

»Mir können Sie nicht drohen, Mr. Mason.«

»Das sehen Sie ja. Sie haben auch versucht, mir zu drohen«, erwiderte Mason. »Wo sind Sie jetzt?«

»In meinem Büro.«

»Wo ist das?«

»Im Gebäude der Equitable Bank.«

»Das ist genau gegenüber vom Hotel, nicht wahr?«

»Ja.«

»Warten Sie«, schlug Mason vor, »ich komme hinüber.«

»Nein. Im Augenblick kann ich Sie nicht empfangen. Ich ...«

»Wenn Sie mich jetzt nicht empfangen, werden Sie die traurigste Figur abgeben, die je einen Gerichtssaal verlassen hat.«

»Mr. Mason, ich warne Sie, ich kann nicht zulassen, daß meine Klientin bedroht und eingeschüchtert wird. Ich beabsichtige auch nicht ...«

»Bleiben Sie, wo Sie sind«, unterbrach ihn Mason. »Ich bin in drei Minuten drüben.«

Er knallte den Hörer auf die Gabel, nahm seinen Hut und sagte zu Della Street und Paul Drake: »Wartet hier. Es kann sein, daß ich euch anrufe.«

Er eilte aus dem Hotelzimmer, verzichtete auf den veralteten Lift, sondern jagte die Treppe, zwei Stufen auf einmal nehmend, am Empfang vorbei, überquerte die Straße und betrat wenig später George Henry Lansings Büroräume.

Eine aufgeregte Sekretärin stotterte: »Sie... Sie sind Mr. Mason? Mr. Lansing hat im Moment zu tun, aber...«

»Sagen Sie Mr. Lansing, daß ich hier bin«, fuhr Mason dazwischen, »um ihn zu überzeugen, daß seine Klientin bis zum Hals in einer Mordsache steckt. Ich gebe ihm zehn Sekunden, um sich zu entscheiden, ob er sich jetzt oder morgen im Gericht darüber unterhalten will. Falls er das Letztere vorzieht, werde ich beweisen, daß ich hier in diesem Büro war, um ihm mitzuteilen, daß seine Klientin in den Mord verwickelt ist, er aber nicht zuhören wollte. Sollte er danach immer noch versuchen zu behaupten, ich wollte den Verhandlungsablauf hinauszögern, wird er sich ins eigene Fleisch schneiden. Und jetzt gehen Sie und richten Sie Ihrem Chef das aus. Mal sehen, wie er reagiert. Wenn er ein langsamer Denker ist, wird es vielleicht eine Weile dauern, bis der Groschen gefallen ist. Sagen wir also dreißig Sekunden. Richten Sie ihm das auch aus.«

Sie schien unentschlossen. »Mr. Lansing hat mich beauftragt, Ihnen zu erklären, daß er sehr beschäftigt wäre und...«

»Sie haben es mir erklärt«, sagte Mason. »Und ich habe

Ihnen eine Mitteilung für ihn gegeben. Werden Sie sie jetzt übermitteln?«

Ohne ein Wort drehte sie sich um und schlüpfte durch eine Tür in Lansings Büro.

Es dauerte keine dreißig Sekunden, als sie mit einem großen, hageren und blassen Mann, Anfang der Fünfzig, zurückkam. Er hatte hervorstehende Backenknochen, eine Glatze, einen langen Hals, wäßrige blaue Augen, dünne graue Lippen und strahlte einen Hauch von Beerdigungsfeierlichkeit aus.

»Guten Tag, Mr. Mason. Ich glaube, ich muß Ihnen persönlich erklären, daß ich als Anwalt von Marion Keats alles gesagt habe, was zu...«

Mason hob die Stimme. »Ich bin hier, um Ihnen zu erklären, warum Marion Keats aussagen muß. Ich möchte nichts weiter, als daß Sie mir zuhören. Wenn Sie Ihre Klientin wiedersehen, fragen Sie sie, wieviel sie dem Informanten für die Nachricht, daß Carlotta Adrian ein Tête-à-tête mit Cushing hatte, bezahlt hat. Fragen Sie sie auch, wo sie in der Mordnacht war, und zwar gegen halb drei Uhr morgens.«

»Das sind die privaten Angelegenheiten meiner Klientin«, antwortete Lansing, »und sie hat keinen Grund, darüber zu sprechen.«

»Na gut«, sagte Mason mit noch lauterer Stimme. »Ich habe ihr eine Chance gegeben, ich bin gewillt, ihr eine Menge Peinlichkeiten zu ersparen, wenn sie offen redet. Vielleicht kann ich auf ihre Zeugenaussage verzichten, wenn sie...«

Die Tür von Lansings Privatbüro wurde aufgerissen. Marion Keats stand mit bleichem Gesicht auf der Schwelle und sagte: »Mr. Mason, wenn Sie mich nur erklären lassen...«

»Gehen Sie wieder in mein Büro«, forderte Lansing sie, ohne den Kopf zu wenden, auf.

»Ich möchte Mr. Mason erklären«, beharrte Marion Keats. »Wenn er herausgefunden hat, daß ich...«

»Er blufft doch«, sagte Lansing, »gehen Sie zurück in mein Büro.«

Mason grinste. »Keine Angst«, sagte er, »ich werde mich mit Ihrer Klientin nicht unterhalten, Lansing. Das wäre unfair. Ich spreche mit Ihnen. Wenn Ihre Klientin es lieber hat, daß diese Dinge morgen auf dem Zeugenstand herauskommen und in allen Zeitungen stehen, so ist das ihre Sache. Wenn wir uns jetzt aussprechen, können Sie...«

»Mr. Mason, ich habe versucht, Ihnen klarzumachen, daß meine Ausführungen Ihnen gegenüber vollständig, überlegt und endgültig waren. Ich muß Sie bitten zu gehen.«

»Danke sehr«, sagte Mason, »Sie denken noch langsamer, als ich dachte. Vielleicht dauert es die ganze Nacht, bis Ihnen ein Licht aufgeht. Ich habe versucht, Ihnen zu erklären, weshalb ich Marion Keats vorgeladen habe. Sie wollten nicht zuhören. Ich gab Ihnen und damit Ihrer Klientin eine Chance, aber Sie wollten mir nicht zuhören und wiesen mich aus Ihren Büroräumen. Erzählen Sie das einmal Ihrem Freund, dem District Attorney.«

Perry Mason drehte sich auf dem Absatz um und verließ das Büro. Zurück blieben ein äußerst verblüffter Rechtsanwalt und eine ängstliche, zornige Klientin.

»Wie war's, Perry?« erkundigte sich Drake. Auch Della Street sah besorgt aus, als er wieder ins Hotel zurückkam.

»Ich habe geblufft wie nie zuvor. Ich wußte, daß sie in seinem Privatbüro war, als wir telefonierten. Wenn er klüger wäre, hätte er sie hinausbeordert, bevor ich auftauchte. Aber er ist ein langsamer Denker und tat es nicht. Ich schickte ihm seine Sekretärin mit einer Nachricht. Ich glaubte, das würde Marion Keats veranlassen, auf einer Aussprache zu bestehen. Sie fiel auch prompt darauf herein, aber er wollte nicht anbeißen. Er ist ein Bursche, der stur in einer Richtung denkt und von einem einmal gefaßten Plan nicht mehr abgeht.«

»Ist das schlecht für dich?« fragte Drake.

»Gerade angenehm ist es nicht, es sei denn, wir finden etwas, bevor...«

Das Telefon läutete.

Drake nahm den Hörer ab. Nach einem Moment legte er wieder auf, wandte sich an Mason und sagte: »Das kann uns helfen, Perry. Du hattest doch die Idee mit dem Fingerabdruck. Er stammt von Nora Flemings rechtem Daumen. Und Burris hat angerufen und gesagt, daß Marion Keats die junge Frau sei, von der er Mrs. Adrian erzählte, die Frau, die er mehrmals bei Cushings gesehen hat.«

20

Als das Gericht am nächsten Morgen wieder zusammentrat, war auch der letzte Stehplatz besetzt.

»Fahren Sie mit der Verhandlung fort«, sagte Richter Norwood. »Ich glaube, wir hatten vorgesehen, mit der Vernehmung von Miss Marion Keats als Zeugin der Verteidigung fortzufahren.«

»Das stimmt, Euer Gnaden«, sagte Mason. »Ich möchte jetzt Marion Keats in den Zeugenstand zurückrufen. Ich glaube, sie hat einen Anwalt bestellt, der sie vertreten soll.«

George Lansing erhob sich in voller Größe und sagte mit seiner trockenen, heiseren Stimme: »Euer Gnaden, ich vertrete Miss Keats. Ich erhebe Einspruch dagegen, daß sie als Zeugin vernommen wird, und ich beschuldige die Verteidigung, das Gericht mißachtet zu haben.«

»In welcher Weise?« erkundigte sich der Richter.

»Er lud diese Zeugin nur zu dem Zweck, ihren Ruf zu diffamieren und aus ihr die Zielscheibe für die Sensationspresse zu machen. Sie weiß über den Fall überhaupt nichts, hat keinerlei Information, die den geringsten Wert für die Untersuchung haben könnte. Sie war mit dem Verstorbenen lediglich befreundet. Auf diese zufällige Entdeckung gestützt, hat Mr. Mason sie erpreßt. Er versucht, sie im Zeugenstand einzuschüchtern, einzig und allein zu dem Zweck, der Presse eine Sensation zu verschaffen und dadurch die Aufmerksamkeit von seiner Klientin abzulenken.«

Richter Norwood betrachtete Mason mit erstauntem Stirnrunzeln.

»Das ist eine ernste Beschuldigung, Mr. Mason, da sie von einem so achtbaren und prominenten Mitglied der Anwaltschaft kommt. Ich nehme an, Sie können sie widerlegen?« fragte er.

»Rufen Sie Miss Keats als Zeugin vor«, erwiderte Mason, »lassen Sie mich fünf Fragen an sie richten, dann werden wir sehr bald wissen, ob sie etwas über den Fall weiß oder nicht.«

»Mr. Mason, ich glaube, das Gericht sollte Sie vorher warnen, daß es zu einer sehr ernsten Anklage gegen Sie kommen kann, falls die Behauptung von Mr. Lansing stimmt. Es dürfte in Ihrem eigenen Interesse liegen, dieser Behauptung entgegenzutreten und sie zu widerlegen, bevor Miss Keats in den Zeugenstand tritt.«

»Die Beschuldigung ist ausgesprochen. Sie ist ernst. Miss Keats war schon im Zeugenstand. Jetzt erhebt sich die Frage, muß ich auf Grund einer Beschuldigung, die durch einen Anwalt erhoben wird, wegen Mißachtung des Gerichts verurteilt werden?«

»Nein, nein, gewiß nicht«, sagte Richter Norwood.

»Werde ich des Rechts beraubt, eine Zeugin zur Unterstützung der Verteidigung zu vernehmen, nur weil...«

»Gewiß nicht«, beeilte sich Richter Norwood zu sagen.

»Dann«, fuhr Perry Mason fort, »möchte ich jetzt Marion Keats verhören.«

»Natürlich«, unterbrach Darwin Hale wütend. »Mit dieser Taktik erreicht die Verteidigung gerade das, weshalb ihn mein geschätzter Kollege beschuldigte, nämlich aus der Zeugin einen legalisierten Sündenbock zu machen.«

»Lassen Sie mich ihr nur fünf Fragen stellen. Sie können ja Ihre Einsprüche erheben, und das Gericht wird darüber entscheiden. Das ist der ordnungsgemäße Weg, diese Dinge zu regeln.«

»Ich habe versucht, die Verteidigung zu warnen und sie davor zu bewahren, sich in eine Situation zu begeben, in der sie mit einer Disziplinarstrafe rechnen muß«, sagte Lansing.

»Kümmern Sie sich um Ihre eigene Ethik, und ich werde mich um meine kümmern«, rief Mason zu ihm hinüber.

»Was meinen Sie damit?«

»Wann hat Miss Keats Sie zum erstenmal konsultiert?«

»Das ist eine Frage, die unter die Schweigepflicht eines Anwaltes fällt.«

»Was sie sagte und was sie tat, sind Fragen der Schweigepflicht, aber wenn Sie mit ihr und dem District Attorney arrangiert haben, sie in den Zeugenstand treten zu lassen und so zu tun, als wisse sie von nichts, sie dann das Gericht um Erlaubnis bitten lassen, sich einen Anwalt zu nehmen, wenn sie in Wirklichkeit längst bei Ihnen war, dann sollten Sie sich die ganze Sache besser nochmals überlegen.«

»Das werde ich mir merken«, rief Lansing.

»Merken Sie es sich nicht. Bestreiten Sie es«, forderte Mason ihn auf.

Lansing fuhr sich mit der Hand über seine Glatze, blickte verstohlen zu Hale hinüber. Aber der District Attorney schien plötzlich furchtbar beschäftigt und blätterte in verschiedenen Akten herum.

Schließlich sagte Lansing: »Also gut, Miss Keats. Wenn die Verteidigung darauf besteht, treten Sie vor.«

Marion Keats blitzte ihn an. »Aber ich dachte, Sie haben gesagt, ich müsse nicht...«

»Treten Sie vor«, wiederholte Lansing. »Ich werde die Grundlage für eine formelle Anzeige schaffen.«

Ärgerlich und ein wenig ängstlich kam Marion Keats nach vorn.

»Also, Miss Keats«, warnte Lansing, »beeilen Sie sich nicht mit der Beantwortung der Fragen, weil der District Attorney gegen die meisten der Fragen sowieso Einspruch einlegen wird. Und ich werde gegen jede von ihnen Einspruch erheben. Sie werden warten, bis das Gericht jeweils entschieden hat, bevor Sie etwas sagen. Dann werden Sie wahrscheinlich überhaupt nicht antworten müssen. Haben Sie keine Angst vor den Fragen. Ich bin hier, um Ihre Rechte wahrzunehmen.«

Mason begann. »Miss Keats, Sie kennen Nora Fleming, die Haushälterin, die bei den Cushings angestellt war?«

»Einspruch! Unwesentlich, unsachlich und unerheblich. Die Frage hat keinerlei Beziehung zu dieser Verhandlung«, rief Darwin Hale. Offensichtlich spielte er seine Rolle in einem Programm, das zwischen ihm und Lansing sorgfältig einstudiert worden war.

»Und als Miss Keats Anwalt erhebe ich deshalb Einspruch, weil die Frage nur einen weiteren Versuch darstellt, die Gerichtsverhandlung hinauszuzögern. Die Verteidigung hat keinen definitiven Grund für dieses Verhör, sondern ist nur auf einen Fischzug aus. Der einzige Grund dieser Zeugenvernehmung ist, Miss Keats zu verleumden, indem eine völlig harmlose Freundschaft mit dem Toten in ein boshaftes Licht gerückt wird. Die Verteidigung versucht damit, die Zeugin vor der Öffentlichkeit wegen ihrer Verbindung mit Arthur Cushing zu diskriminieren.«

Mason antwortete: »Bis jetzt kamen alle Behauptungen, daß mit dieser Freundschaft etwas nicht stimmt, von Ihnen.«

Richter Norwood wandte sich an Perry Mason. Er sagte:

»Mr. Mason, es ist angeführt worden, daß Sie für das Verhör dieser Zeugin keinen stichhaltigen Grund haben. Auf Grund des Einspruches liegt diese Beschuldigung dem Gericht nunmehr offiziell vor.«

»Diese Behauptung«, sagte Mason, »ist genau wie viele andere, die hier heute morgen aufgestellt wurden, völlig falsch. Wenn Euer Gnaden wünschen, werde ich meine Pläne bekanntgeben, obgleich ich mir darüber im klaren bin, daß ich damit meine Überraschungsmomente einbüße, die, wie ich annehme zum Vorteil wären.«

»Trotzdem«, antwortete Richter Norwood, »im Hinblick auf die wirklich ernsthaften Beschuldigungen, die hier gegen Sie erhoben wurden, halte ich es für angebracht, Ihre Absichten in ungefähr zu beschreiben.«

»Also gut. Ich beabsichtige, durch diese Zeugin zu beweisen, daß sie Arthur Cushing liebte, daß Cushing ein Weiberheld war und Miss Keats dadurch krankhaft eifersüchtig machte. Ich beabsichtige ferner, Euer Gnaden, zu beweisen, daß diese Zeugin Arrangements mit Nora Fleming, der Haushälterin, traf, sie beim nächsten Zusammensein mit Carlotta Adrian anzurufen, und daß sie vorhatte, herzukommen, um sie in flagranti zu ertappen.«

»Oh, Euer Gnaden«, mischte sich Lansing ein, »das ist die reinste Einbildung, das greift in das Privatleben der Zeugin ein. Die Verteidigung hat selbst zugegeben, daß sie die Absicht hat, indem sie jetzt...«

»Das Gericht hat mich angewiesen, meine Absichten bekanntzugeben, und ich gebe sie bekannt«, sagte Mason mit erhobener Stimme. »Verhalten Sie sich ruhig, bis ich mit meinen Ausführungen zu Ende bin, und dann können Sie feststellen, was Sie wollen.«

»Ich warne Sie, wenn Sie diese Zeugin diffamieren, werde ich...«

»Sie haben mich jetzt ein dutzendmal gewarnt. Lassen Sie mich jetzt bitte endlich die Fragen des Gerichts beantworten.«

Lansing blickte ziemlich perplex zu Hale hinüber. Er hoffte vergeblich, daß der District Attorney etwas unternehmen würde.

Mason hob seine Stimme, so daß jede weitere Unterbrechung darin untergegangen wäre. »Ich werde beweisen, daß die Haushälterin Nora Fleming ungefähr um neun Uhr zwanzig am Abend des Zweiten, nachdem sie das Essen auf den Tisch gestellt hatte, aus dem Haus schlich, zu einem Münzfernsprecher eilte und Marion Keats anrief, daß sie nur ein Wort, nur ein einziges Wort sprach. Sie sagte ja und hängte ein. Und ich beabsichtige ferner zu beweisen, daß Marion Keats genau wußte, was mit diesem mysteriösen Telefonat gemeint war, weil es nach einem vorgefaßten Plan geschah, daß sie in ihr Auto sprang, in der kürzestmöglichen Zeit hierherraste und zu dem verabredeten Treffpunkt mit Nora Fleming kam. Während sie die Straße zu Arthur Cushings Landhaus entlangfuhren, kamen sie zu dem Auto, das Carlotta Adrian stehengelassen hatte. Entweder Marion Keats oder Nora Fleming lief ungefähr um zwei Uhr dreißig morgens, nämlich zu der Zeit, als Sam Burris den Schrei einer Frau hörte, zu Cushing hinüber.«

»Das ist ja albern«, schrie Lansing dazwischen. »Das ist eine Erfindung Ihrer eigenen Phantasie. Es gibt keinen Beweis, der eine solche Behauptung rechtfertigen könnte. Das ist ja eine noch schamlosere Nichtachtung des Gerichts, als ich erwartet hatte. In der ganzen Welt gibt es nicht den geringsten Beweis, um diese ehrenrührigen, lächerlichen und absurden Behauptungen zu untermauern.«

»Um zu beweisen«, fuhr Mason fort, als hätte er diese Unterbrechung gar nicht gehört, »möchte ich die Zeugin fragen, wie es kam, daß Nora Flemings rechter Daumenabdruck auf dem Türgriff von Carlotta Adrians Wagen hinterlassen wurde. Und falls das Gericht noch mehr Beweise braucht, kann es sich das Gesicht von Marion Keats ansehen und...«

»Nein!« Marion Keats war aufgesprungen. »O nein, Sie können das nicht auf mich schieben. Das dürfen Sie nicht tun. Sie dürfen mir das nicht antun. Ich bin unschuldig. Ich ging hinein, aber er war schon tot. Es war genauso ein Schock für mich wie...«

Abrupt unterbrach sie ihre Rede.

Mason lächelte den Richter an und sagte: »Euer Gnaden, im Hinblick auf die Ausführungen der Zeugin und im Hinblick auf die Beweise, die ich angeboten habe, werde ich mich jetzt hinsetzen und Herrn George Henry Lansing Gelegenheit geben, sich mit dem Gericht darüber auseinanderzusetzen, daß ich die Gerichtsverhandlung hinauszögere, daß ich kein bestimmtes Ziel verfolge und daß diese Zeugin nur dem Zweck dient, Zielscheibe für die Sensationspresse zu werden.«

Und, als hätte er weiter kein Interesse an dem Verlauf der Verhandlung, setzte sich Perry Mason auf seinen Platz.

Mit einer Geste völliger Ratlosigkeit strich Lansing immer wieder über seinen kahlen Kopf.

»Nun, Mr. Lansing?« ermahnte ihn Richter Norwood.

»Euer Gnaden«, antwortete Lansing kleinlaut, »das kommt als völlige Überraschung auf mich zu. Ich glaube, daß die Zeugin hysterisch ist, daß sie überfordert wurde und daher eine solche Feuerprobe nicht bestehen konnte. Ich glaube, daß ihre Aussage mit der Wahrheit nicht übereinstimmt, sondern das Resultat ihrer Hysterie ist. Ich beantrage, daß die Verhandlung unterbrochen wird, bis sie einen Psychiater aufsuchen konnte und...«

Richter Norwood war äußerst ungehalten. Er sagte grimmig: »Das Gericht hat die Verhandlung gestern schon unterbrochen, damit sie einen Anwalt konsultieren kann.«

»Sie braucht aber einen Psychiater, Euer Gnaden.«

»Vielleicht braucht sie auch etwas anderes«, wetterte Norwood. »Der Einspruch wird abgelehnt. Nun, Mr. Mason, möchten Sie die Zeugin verhören?«

»Ja, bitte.«

»Nein!« schrie Marion Keats. »Nein. Ich sage es. Ich sage alles. Halten Sie mir nur diesen Mann vom Hals.

Arthur Cushing wollte mich heiraten, er sagte es mir jedenfalls. Aber ich glaube, er hat es auch anderen versprochen. Ich wußte, daß er woanders flirtet, und traf mit Nora Fleming ein Abkommen, daß sie mich anrufen sollte, wenn er wieder ein Mädchen bei sich hat. Sonnabend abend rief sie mich an. Ich fuhr hinaus und traf mich mit ihr. Wir wollten zu Arthur fahren. Dann kamen wir zu Carlottas Wagen. Ich hielt an. Nora trat von meinem Trittbrett auf das Trittbrett von Carlottas Auto. Sie öffnete die Tür und sagte: Die kleine Hexe ist noch nicht länger als ein paar Minuten weg. Der Wagen ist noch warm. Dann hob ich die Puderdose auf. Nora sah die Gravierung und sagte: Vielleicht wird dich das interessieren.«

»Welche Puderdose?« fragte Richter Norwood. »Sie meinen doch nicht etwa die Dose, die...«

»Doch, die meine ich. Es war ein sehr kostbares Stück, Gold, mit Brillanten besetzt. ›Von Arthur an Carlotta in Liebe‹ stand darauf.«

»Also, was taten Sie?« fragte Richter Norwood streng.

»Ich war so wütend, daß ich nicht mehr klar denken konnte. Ich wußte, daß ich nun keine Chance mehr hatte, hineinzuplatzen und sie zu überraschen. Ich nahm die Puderdose und sagte zu Nora Fleming: Warte hier auf mich, Nora. Geh nicht fort. Ich werde das selbst in die Hand nehmen.

Es waren nur noch ungefähr fünfundsiebzig oder hundert Meter bis zu Arthurs Haus. Und ich rannte jeden Schritt dieses Weges.«

»Und was taten Sie dann?«

»Ich hatte den Schlüssel zur Vordertür. Nora hatte ihn mir gegeben. Das war einer der Gründe, weshalb ich sie brauchte. Natürlich wollte ich hineingehen, ohne erst anklopfen zu müssen. Ich wollte Arthur doch überraschen, wenn er eine andere Frau... nun, ich ging eben hinein.«

»Haben Sie Arthur Cushing getötet?« fragte Richter Norwood. »Bitte, verstehen Sie, Miss Keats, Sie müssen diese Frage nicht beantworten. Sie werden nicht dazu gezwungen, denn Sie brauchen sich nicht selbst zu belasten. Sie...«

»Nein, ich habe ihn nicht getötet. Warum hätte ich es tun sollen? Ich liebte ihn doch«, antwortete Marion Keats leise. »Ich warf einen Blick in das Zimmer und stieß dann diesen Schrei aus, den Nora ganz deutlich hörte. Ich ließ die Puderdose fallen, drehte mich um und rannte aus dem Haus. Nora kann jedes Wort, das ich sage, bestätigen. Sie weiß, daß ich ihn nicht erschossen habe. Sie hörte den Schrei, aber keinen Schuß.

Als ich zurückkam, war Nora auf den Fahrersitz hinübergeklettert. Ich sprang einfach in den Wagen und sagte: Fahr weg von hier, schnell, Nora. Er ist tot. Jemand muß ihn erschossen haben. Das Fenster ist zerbrochen, und überall auf dem Fußboden liegt Glas herum.«

Mason sagte leise: »Ich glaube, Euer Gnaden, ich habe keine weiteren Fragen.«

»Keine weiteren Fragen?« rief Richter Norwood. »Mir scheint, es gibt noch eine ganze Menge Fragen. Offenbar ist das Beweismaterial durch Stillschweigen zurückgehalten worden. Mr. Lansing!«

»Ja, Euer Gnaden?«

»Wußten Sie etwas darüber?«

»Ich kann Ihnen versichern, Euer Gnaden, ich bin so bestürzt und überrascht, daß ich über diese neuen Ereignisse noch keinen klaren Gedanken fassen kann.«

»Mr. Hale, wußten Sie etwas davon?«

»Selbstverständlich nicht, Euer Gnaden.«

»Gut, dann wissen Sie es jetzt«, schnauzte ihn der Richter an.

»Jawohl, Euer Gnaden.«

Der Richter wandte sich an Marion Keats und sagte: »Vielleicht sagen Sie die Wahrheit. Andererseits werden Sie sich darüber klar sein, daß Sie jede Möglichkeit hatten, sich den Revolver anzueignen, falls er, wie Miss Adrian behauptet, im Handschuhfach des Wagens lag. Sie hatten eine wunderbare Gelegenheit, ein Verbrechen zu verüben und sich für verschiedenes zu revanchieren. Gleichzeitig konnten Sie die Schuld auf Ihre Rivalin lenken. Vielleicht nahmen Sie die Puderdose in die eine, die Waffe in die andere Hand und...«

»Aber ich habe es nicht getan, Euer Gnaden!«

»Ich behaupte nur, daß Sie jede erdenkliche Möglichkeit dazu gehabt hätten, ist das klar?«

»Ja, das sehe ich ein.«

»Sie brauchen keine Frage zu beantworten, die Sie belastet«, sagte Richter Norwood, »aber ich frage Sie, ob Sie das Handschuhfach des Wagens geöffnet haben?«

»Wir... wir hatten Grund zu der Annahme, daß Carlotta Adrian...«

»Ich frage Sie, ob Sie das Handschuhfach öffneten?«

Sie hob den Kopf, blickte dem Richter in die Augen und antwortete: »Ja, das taten wir. Wir durchsuchten jeden Zentimeter des Autos, aber es war kein Revolver im Handschuhfach. Er war schon hinausgeworfen worden. Er...«

»Einen Augenblick«, unterbrach Lansing mit seiner heiseren Stimme. »Ich bin kein Strafverteidiger, wie dem Gericht sehr wohl bekannt ist. Trotzdem denke ich an meine Stellung und an meine Verantwortung in diesem Fall. Und auf Grund der Umstände, die sich zu meinem größten Erstaunen ergeben haben, sehe ich mich jetzt in eine Position gedrängt, daß ich eine Zeugin vertrete, die vielleicht des Mordes angeklagt werden kann. Aus diesem Grunde, Miss Keats, rate ich Ihnen, keine weiteren Fragen zu beantworten.«

»Sie und Ihre Ratschläge!« stürmte sie. »Sie haben schuld, daß ich hier hineingeraten bin.«

»Einen Moment«, sagte Lansing. »Ich warne Sie, Miss Keats, ich warne Sie als Ihr Anwalt, keine weiteren Fragen zu beantworten. Sie müssen jede weitere Aussage verweigern, weil alles, was Sie sagen, dazu dient, Sie zu belasten. Ich schlage vor, Sie verlassen den Zeugenstand.«

»Das ist der erste gute Rat, den Sie mir geben«, schimpfte sie und eilte dann, an den Anwälten vorbei, hinunter in den gefüllten Gerichtssaal.

Richter Norwood schlug mit seinem Hammer auf den Tisch. »Und ich«, sagte er, »ordne an, daß diese Frau so lange in Polizeigewahrsam genommen wird, bis eine weitere Untersuchung stattgefunden hat. Inzwischen wird das Gericht eine Vertagung anberaumen, und ich bitte die Parteien, in mein Zimmer zu kommen.«

Richter Norwood stand auf und verließ eilig den Gerichtssaal.

Mason wartete auf Hale, um gemeinsam mit ihm zu gehen, aber der District Attorney vermied Masons Blick und flüsterte mit Ives.

Perry Mason wanderte gelassen zum Richterzimmer. Einen Augenblick später kamen zuerst Lansing, dann District Attorney Hale und dann C. Creston Ives.

»Ich möchte Ihnen gern erklären, daß ich davon nichts wußte, Herr Richter«, begann Lansing. »Ich...«

»Davon bin ich überzeugt, George«, sagte Norwood.

»Ich wollte Ihnen das gestern sagen, aber Sie wollten nicht zuhören«, grinste Mason.

Lansing wand sich wie ein Aal.

»Hätten Sie mir zugehört«, fuhr Mason fort, »dann hätten Sie Ihrer Klientin eine Menge unnötigen Kummer erspart.«

Richter Norwood hob erstaunt die Augenbrauen. »Unnötigen?« fragte er. »Lieber Himmel, Mr. Mason, Sie können doch...«

»Unnötig«, wiederholte Mason, »denn sie hat ihn nicht getötet.«

»Mr. Mason, ist Ihnen klar, daß Sie eine ziemlich gefährliche Behauptung aufstellen? Sie sind immer noch der Verteidiger von Belle Adrian. Wenn Marion Keats ihn nicht erschoß, dann war es Carlotta, und Ihre Mandantin ist die Komplicin.«

»Wie kommen Sie darauf?« fragte Mason.

»Weil nur zwei Menschen das Haus betreten haben, nachdem Carlotta wegging. Wir wissen jetzt, daß einer davon Marion Keats war, und ich denke, dem Beweismaterial nach ist es ziemlich offensichtlich, daß die andere Person Mrs. Adrian war. Wenn Marion Keats wirklich die Wahrheit sagt, ist es klar, daß Carlotta Adrian diejenige gewesen sein muß, die ihn getötet hat. Sie ging dann nach Haus und erzählte es ihrer Mutter. Mrs. Adrian war dort, um die Spuren ihrer Tochter zu beseitigen, womit sie zur Komplicin gestempelt ist. Eines von beiden muß der Fall gewesen sein.«

»Nein, das muß es nicht«, antwortete Mason und grinste, als er sah, wie sich Richter Norwoods Gesicht rötete.

»Betrachten Sie das Beweismaterial«, sagte Mason. »Es liegt nun offen auf der Hand, daß Belle Adrian, aus welchem Grunde auch immer, in dieses Landhaus ging und aufzuräumen begann. Beide, Sam Burris und seine Frau, sahen sie dabei. Und es ist auch klar, daß sie die Puderdose aufhob, weil sie wußte, daß es Carlottas war. Sie nahm sie mit und versteckte sie in dem Reitstiefel.«

»Das sage ich doch«, meinte Norwood. »Was bezwecken Sie eigentlich? Wollen Sie Ihre eigene Klientin hinrichten?«

»Ich deute nur darauf hin, daß es doch ziemlich sicher ist, weil Cushing sich nicht bewegen konnte und weil er eine Haushälterin für solche Dinge hatte, daß Cushing also kein Geschirr gespült hat.«

»Wovon, in aller Welt, reden Sie nur?« fragte Darwin Hale.

»Ich deute darauf hin, daß Mrs. Adrian, als sie das Haus betrat und Arthur Cushing tot vorfand, auch ein Cocktailglas mit Lippenstift daran sah. Natürlich nahm sie an, daß die Fingerabdrücke ihrer Tochter darauf waren. Also wusch sie es säuberlich ab und stellte es in den Küchenschrank.«

Richter Norwood runzelte die Stirn und meinte: »Ich glaube nicht, daß ich Ihnen ganz folgen kann, Mr. Mason.«

»Verstehen Sie denn nicht«, fragte Mason, »es gab nur ein Glas, das zerbrochen am Fußboden lag. Das war das einzige. Das andere nämlich war von Mrs. Adrian abgewaschen und poliert worden.«

»Na und?« fragte der District Attorney. »Sie nehmen zu einem äußerst wichtigen und sehr schwerwiegenden Zeitpunkt mit einer Reihe von nebensächlichen Kommentaren unsere Zeit in Anspruch, Mr. Mason.«

Mason sah ihn an und sagte: »Wenn Sie glauben, daß das nebensächlich ist, dann strengen Sie sich nur ein bißchen an, um es zu enträtseln. Vielleicht sollten Sie auch einmal den Durchschlag des Protokolls lesen.

Ihr Burschen hier seid über mich hergefallen und habt mich beschuldigt, ich würde die Verhandlung hinauszögern und das Gericht mißachten. Der Teufel soll mich holen, wenn ich euer ganzes Denken erledigen werde.«

Richter Norwood saß plötzlich aufrecht in seinem Stuhl. »Lieber Himmel, Mr. Mason, Sie können doch nicht meinen, daß der Beweis dieses Glases bedeutet, daß...«

»Genau das bedeutet er«, antwortete Mason.

Hale sah verständnislos auf Lansing, dann auf Ives und dann auf den Richter. »Ich verstehe das nicht«, sagte er.

Mason tröstete ihn mit den Worten: »Wird schon noch kommen, mit der Zeit.«

Und damit ging der Rechtsanwalt langsam und leise aus dem Richterzimmer und schloß die Tür hinter sich.

21

Della Street und Paul Drake betraten zusammen mit Perry Mason das Hotelzimmer.

»Mein Gott«, stöhnte Perry Mason. »Ich glaubte, ich käme nie durch diese Menge brüllender Reporter, die alle wissen wollten, was passiert ist.«

Er wischte sich die Stirn ab.

»Und wie wird es jetzt weitergehen?« fragte Della.

»Das weiß ich nicht«, antwortete Mason und sah auf die Uhr. »Aber ich glaube, daß die Burschen das Rätsel innerhalb der nächsten Viertelstunde oder in zwanzig Minuten gelöst haben werden.«

»Meinst du damit, du hättest es ihnen nicht gesagt?« fragte Paul Drake.

»Nein. Ich machte eine Andeutung und verschwand.«

»Warum hast du ihnen nicht alles erzählt?«

»Damit wäre ich der hochdotierte Staranwalt gewesen, der

versucht, ihnen etwas zu verkaufen. Sie wären argwöhnisch geworden. So lasse ich sie es selber herausfinden, damit sie glauben, es sei ihre eigene Idee.«

»Haben Sie ihnen genug angedeutet, daß sie auch draufkommen werden?« fragte Della Street.

»Richter Norwood hat es jedenfalls mitgekriegt.«

»Was hat er mitgekriegt?« fragte der Detektiv.

Mason begann zu erklären: »Es gibt drei verschiedene Spuren zu Cushings Landhaus hin, und eine Spur, die das Haus verläßt.«

»Meinst du Carlottas?« fragte Drake.

»Richtig.«

»Carlotta konnte ihn natürlich getötet haben. Der Verdacht lastet jetzt logischerweise auf ihr«, sagte Drake.

»Nein, das tut er nicht«, antwortete Mason. »Überlege dir die Dinge einmal, Paul. Das Glas wurde vorsätzlich und absichtlich zerbrochen. Alles deutet darauf hin. Niemand warf den Spiegel nach Cushing, und er warf ihn auch nach niemanden.«

»Aber weshalb wurde er dann zerbrochen?«

»Aus zwei Gründen«, erklärte der Rechtsanwalt. »Erstens brauchte der Mörder ein Stück Glas, das er in Carlottas Vorderreifen bohren konnte, damit es so aussieht, als wäre sie aus dem Haus gegangen, nachdem Glas zerschmettert wurde. Zum anderen, um genügend Lärm zu verursachen, um die Behauptung von Sam Burris, er habe Glas zersplittern und einen Schuß gehört und sei davon aufgewacht, glaubhaft zu machen.«

»Wovon redest du«, fragte Drake, »Sam Burris?«

»Stimmt. Er ist der Mörder.«

»Bist du verrückt? Er hätte doch nicht hinübergehen können, ohne Spuren zu hinterlassen!«

»Nun, er hat doch auch Spuren hinterlassen, nicht wahr?«

»Aber doch nach dem Schuß, nachdem die Frau schrie und nachdem...«

»Woher willst du das wissen?«

»Aber seine Frau sagt es doch. Es muß stimmen.«

Mason schüttelte den Kopf. »Irgendwann im Laufe des Sonnabendnachmittags hat sich Burris den antiken Spiegel aus der Garage geholt und ihn zerbrochen. Während Carlotta mit Arthur Cushing zu Abend aßen, schraubte Burris das Ventil auf und ließ zwei Drittel der Luft aus Carlottas Reifen. Dann schnitt er den Mantel auf, steckte die lange Spiegelscherbe hinein, und jetzt, da so wenig Luft im Reifen war, konnte er ganz sicher sein, daß die Scherbe auch den Schlauch durchbohren würde. Dann nahm er den Revolver aus dem Handschuhfach und wartete in sicherer Entfernung. Das passierte alles am frühen Abend.

Als Carlotta ging, war der Boden bereits gefroren. Burris nahm den Sack mit den Spiegelscherben, ging zu Cushing hinein, tötete ihn, zerbrach das Fenster, das Bild und das Glas, aus dem Cushing getrunken hatte. Dann verstreute er die Glassplitter im ganzen Zimmer, ging nach Hause und wartete ungefähr eine halbe Stunde. Dann weckte er seine Frau, um ihr zu sagen, er hätte Glas splittern gehört.

Ungefähr um die gleiche Zeit schrie eine Frau tatsächlich, was ihm natürlich sehr zustatten kam. Dann sahen die beiden Mrs. Adrian. Um seinen Plan vollständig zu machen, brauchte Burris nur noch angeblich zu Cushing hinüberzugehen, um nach dem Rechten zu sehen. Aber er ging zwar aus dem Haus, wartete aber in seiner Garage. Dann kam er zurück und erzählte seiner Frau, daß er zum Sheriff gehen müsse. Er sprang ins Auto und fuhr den Weg, wo Carlottas Auto stand. Er warf, ohne aus seinem Wagen auszusteigen, den Revolver ins Gebüsch. Dann erst fuhr er zum Sheriff.«

»Woher weißt du das alles?« fragte Drake. »Wie willst du es beweisen?«

»Einfach dadurch, daß ich auf die Aussage von Burris hinweise. Als er aussagte und beschrieb, was er in Cushings Zimmer vorgefunden hatte, erwähnte er ein Cocktailglas mit Lippenstift daran. Er war sich natürlich sofort darüber klar, daß er einen Fehler gemacht hatte, als er dieses Glas erwähnte. Also beeilte er sich, eine Erklärung einzuflechten, er hätte statt dessen von einem blutbespritzten Cocktailglas gesprochen.

Wenn man so viele Leute im Kreuzverhör hatte wie ich, weiß man genau, wann sie versuchen, einen Lapsus zu vertuschen. Als ich merkte, daß Sam Burris mit dem gleichen alten Trick operierte, wurde ich hellhörig und begann zu kombinieren. Es war ja wirklich ein Glas auf dem Tisch gewesen, als Sam den Raum verließ. Aber es war das Glas mit dem Lippenstift, das Mrs. Adrian abgewaschen, poliert und in den Küchenschrank gestellt hatte. Wenn er die Wahrheit gesagt hätte, hätte er das

Glas überhaupt nicht erwähnt. Er hatte offenbar nicht mehr daran gedacht, bis ihm seine Aussage herausgerutscht war. Dann fiel ihm ein, daß Mrs. Adrian aufgeräumt hatte und natürlich auch das Glas abgewaschen haben mußte. Er machte Ausflüchte und hat sich dabei verraten.

Richter Norwood hat es verstanden, und die anderen werden es nach einer Weile auch noch kapieren.«

Er streckte sich aus, gähnte und grinste. »Nun, der Fall ist abgeschlossen. Packen wir unsere Sachen und fahren in die Stadt zurück. Ich möchte diese friedliche Landschaft die nächsten sechs Monate nicht wiedersehen.«

»Und das war alles, was du als Ausgangspunkt hattest«, wunderte sich Drake, »nur diese eine Bemerkung beim Kreuzverhör?«

»Natürlich nicht«, erwiderte Mason. »Aber es war das, was mich stutzig machte. Und als ich einmal anfing, in dieser Richtung nachzudenken, kam ich dem wirklichen Mörder ziemlich bald auf die Spur.«

»Das verstehe ich nicht«, meinte Drake.

»Burris wußte mir zuviel über die Bedeutung von Spuren«, sagte Mason, »im Zeugenstand gab er zu, daß er als ein Mann vom Lande selbstverständlich wisse, daß Spuren entstehen, wenn es zu frieren beginnt. Er wußte, daß Mrs. Adrian bei Cushing war. Deshalb wußte er auch, daß sie ihre Fußspuren hinterlassen würde, die bei Tageslicht spielend zu entdecken waren. Trotz dieser Tatsache geht er kurz nach Tagesanbruch hinüber zu Mrs. Adrian, um ihr zu raten, kein Wort davon zu sagen, daß sie bei Cushing war. Unter den Umständen war das natürlich das Dümmste, was sie tun konnte. Es mußte ja den Verdacht sofort auf sie lenken. Dann gelang es Burris, Mrs. Adrian zu überzeugen, daß Carlotta tatsächlich den Mord verübt hatte. Er wußte, daß Mrs. Adrian alles tun würde, um Carlotta zu schützen.

Erinnere dich, daß das ganze Schema dieses Mörders darauf abzielte, den Verdacht auf Carlotta zu lenken. Nachdem ihm das gelungen war, zog Burris eine große Show ab, indem er vorgab, Carlotta und ihre Mutter schützen zu wollen. Dadurch, daß er durchblicken ließ, der Mörder wollte Carlotta die Schuld in die Schuhe schieben, gelang es ihm zu beweisen, daß er nicht der Mörder sein konnte. Er war sehr geschickt. Er wendete eine instinktive List an, wie sie die Förster gebrauchen, um Tiere zu fangen.«

»Aber warum hat er es getan?« fragte Drake.

»Lieber Gott, Paul, er hatte eine Reihe von Motiven. Er haßte Arthur Cushing aus tiefster Seele. Er betrachtete seinen Besitz als gewöhnliches Ackerland. Als er durch Cushings Manipulationen erfuhr, was es tatsächlich wert war, war es bereits zu spät. Cushing erwarb eine Option auf ein Stück Land, auf dem das Hotel errichtet werden sollte, und später eine Option auf den ganzen Rest von Burris' Besitz. Cushing konnte diese Option jederzeit zu dem im Vertrag vereinbarten Preis ausüben. Burris saß mit den Steuern fest. Wenn die Gegend erst einmal als Urlaubsparadies bekanntgeworden war, würden die Grundstückssteuern so enorm steigen, daß es für Burris den Ruin bedeutet hätte.

Überdies war er die Zielscheibe des Spottes in der ganzen Gemeinde geworden. Aus diesem Grunde haßte er Arthur Cushing, wie nur ein Mann hassen kann, der zeit seines Lebens in einer abgelegenen Gemeinde verbracht hatte. Und natürlich glaubte er, daß der alte Cushing keinen Wert mehr darauf legen würde, noch mehr Geld zu verdienen, nachdem sein Universalerbe beseitigt war. Der Mord an Arthur schien Burris der einzige Weg, um aus seinem Dilemma herauszukommen. Er hoffte, Cushing würde auf die Option verzichten, kein Hotel bauen und einfach von Bear Valley verschwinden. Dann hätte Burris freie Hand bekommen, einen anderen Grundstücksmakler zu interessieren, zu einem höheren Preis, versteht sich.

Man muß in Betracht ziehen, was für eine Art Mensch dieser Burris ist. Wenn Leute wie er glauben, man hat ihnen unrecht getan, beginnen sie zu töten. Burris fehlt es an der Courage, hinzugehen und Arthur Cushing niederzuschießen. Er brauchte eine List, und als er erfuhr, daß Carlotta Harvey Delanos Revolver im Handschuhfach hatte, sah er seine Chance...

Los! Laßt uns einpacken und abfahren, bevor die Leute mit ihren Gratulationen kommen, Erklärungen verlangen und vielleicht gar versuchen, umsonst einen juristischen Rat zu bekommen.

Der Platz für einen Anwalt in einer Zeit wie dieser ist in seinem Büro.«